La diáspora

La diáspora

HORACIO CASTELLANOS MOYA

LITERATURA RANDOM HOUSE

Papel certificado por el Forest Stewardship Council®

MIXTO
Papel procedente de
fuentes responsables
FSC
www.fsc.org   FSC® C117695

Primera ediciónen este sello: junio de 2018

Printed in Spain – Impreso en España

ISBN: 978-84-397-3456-7
Depósito legal: B-6.633-2018

Compuesto en La Nueva Edimac, S.L.
Impreso en Cayfosa (Barcelona)

RH34567

Penguin
Random House
Grupo Editorial

A Liza Macín

¡Oh buscadores!,
¡oh descubridores de razones
para irse a otra parte!

SAINT-JOHN PERSE

NOTA DEL AUTOR (2018)

La diáspora es mi primera novela. Fue publicada originalmente en mayo de 1989. Meses antes había ganado un premio al que convocó la universidad jesuita de San Salvador, curiosamente cuando la guerra civil estaba en una de sus fases más intensas. Los sacerdotes que dirigían ese centro de estudios fueron asesinados por el ejército en noviembre de ese mismo año.

Ésta es la primera vez que el libro se publica fuera de El Salvador. Me he atrevido a cepillar el lenguaje, pues el paso de los años dejaba al descubierto bordes romos, superficies con frases descascaradas. No he tocado la trama, ni ciertas imprecisiones históricas, ni los personajes, algunos de ellos con una mentalidad difícil de tragar para la susceptibilidad de los tiempos que corren. Que conste.

PRIMERA PARTE

1

Era el primer sábado de 1984. La Ciudad de México estaba sumida aún en el letargo de las vacaciones de fin de año. Juan Carlos llegó a mediodía, en el vuelo de Aeronica, casualmente puntual. Carmen lo recibió en el aeropuerto; él no se lo esperaba. La había llamado desde Managua una semana atrás para pedirle que le diera posada unos días en su apartamento. Carmen le había dicho que lo hablaría con Antonio, pero que no habría problema, que llegara, el estudio siempre estaba a su disposición. Cuando se abrazaron en el corredor del aeropuerto, ella dio por un hecho que el viaje de Juan Carlos era definitivo.

—Tronaste con el Partido, ¿verdad?

—No seas curiosa —respondió con un guiño.

Ella dijo que lo había intuido desde la llamada telefónica.

Abordaron uno de esos taxis colectivos que, luego de recorrer los hoteles del centro y de la Zona Rosa, los conduciría al apartamento de Carmen. Durante el trayecto, ella preguntó por algunos compañeros, por el desarrollo de la guerra, por la situación del Partido. Juan Carlos contestó con evasivas: no tenía ganas de revolver la miasma de la que venía huyendo, mucho menos frente a los gringos que viajaban en el taxi.

La ciudad estaba igual de sucia, de desesperante; pero él la miró con nuevos ojos. «De aquí no hay regreso», se dijo. Carmen le contó que aún no había encontrado trabajo, que la situación en México estaba cada vez más difícil. Juan Carlos temió algún cambio político. Ella aclaró que hablaba de la crisis económica. Comenzó a darle datos y a hacer un análisis que él supuso que procedían de Antonio; eran la especialidad de éste.

El taxi se detuvo frente al edificio de apartamentos. Juan Carlos bajó sus pertenencias: una maleta y un maletín de mano. Carmen y Antonio vivían en un segundo piso, sobre la calle de Praga, en los linderos de la Zona Rosa. Desde hacía tres años, ese apartamento había sido la base de operaciones de Juan Carlos en esa ciudad. Se instaló, como siempre, en el estudio.

Antonio no estaba. Había viajado a Puebla, a visitar a sus padres. Regresaría esa tarde.

Carmen le preguntó si quería comer algo. Él le dijo que no, gracias, ya había almorzado en el avión. Ella le ofreció café.

—¿Cómo está tu familia? —inquirió Juan Carlos.

Ella relató las idas y venidas de sus dos hermanas, la llegada de un nuevo sobrino; su madre se había trasladado a vivir a la provincia.

Puso la cafetera sobre la mesa.

—¿No has vuelto a ver a la gente del Comité? —preguntó él.

La última vez que Juan Carlos había estado en México, en agosto de 1983, Carmen le había asegurado que estaba a punto de salirse del Comité de Solidaridad y también del Partido. Los sucesos que, a principios de abril, habían culminado con la muerte de los dos máximos comandantes revolucionarios, le habían quebrado su fe militante.

—Con alguna gente nos vemos de vez en cuando —afirmó Carmen—. Todos los de la dirección del Comité renunciamos. Sólo quedaron los que dicen sí a todo, ya sabes, la inutilidad pura…

Juan Carlos dijo que tenía que salir a hacer unas llamadas telefónicas.

—¿Por qué no usas el teléfono de aquí? —preguntó Carmen—. Creo que continúa intervenido, pero ahora tú ya no eres clandestino…

Juan Carlos dijo que prefería salir, para no perder la costumbre. Ella le entregó un juego de llaves. Él aprovecharía para recorrer la zona y tratar de contactar a algunos conocidos.

Caminó sobre la calle de Hamburgo. No hacía viento, pero el frío era penetrante. Probó un par de teléfonos públicos; estaban descompuestos. Atravesó la Zona Rosa, entre turistas, maricas y rateros. Entró en el Sanborns de Niza: compró tabaco para su pipa; uno de los teléfonos estaba desocupado. Le contestó Teresa, la mujer de Gabriel. Cuando supo que era Juan Carlos se alegró, lo invitó a que llegara a casa y le informó que Gabriel regresaría en un par de horas. Él dijo que llamaría de nuevo. Marcó el número del Turco, pero nadie contestó. Igual suerte tuvo con el Negro. Supuso que éstos no habrían vuelto de sus vacaciones de fin de año.

Compró los periódicos y caminó hasta el café de la librería Reforma. Era la hora de comida, pero en sábado estaba bastante vacío. Pidió un capuchino y se pasó alrededor de una hora leyendo y fumando. Pensó en que tendría que racionar el uso de su dinero. Había salido de Managua con doscientos dólares, ése era todo su capital, y en México estaría unos tres meses, por lo menos, mientras le aprobaban su viaje a Canadá. Si esto no se resolvía favorablemente, su situación se complicaría.

Telefoneó de nuevo a Gabriel, pero éste aún no había regresado. Juan Carlos se dijo que ése era un fin de semana perdido, que no encontraría a nadie ni avanzaría en nada; mejor se lo tomaba con calma. Se metió al cine París a ver un film de detectives en el que Clint Eastwood vomitaba fuego a cada minuto. A la salida, el frío golpeaba. Buscó una fonda donde beber un chocolate caliente. Antes de regresar al apartamento, logró comunicarse con Gabriel: éste lo invitó a comer a casa al día siguiente.

Cuando abrió la puerta, se encontró con Carmen y Antonio, frente a frente, en la mesa del comedor. Era evidente que habían estado discutiendo y que su inesperada aparición los había obligado a sosegarse. Antonio se abalanzó, cordial, a saludarlo. Había estudiado ciencias políticas y trabajaba en la Secretaría de Programación, como analista de prensa; simpatizaba con la revolución centroamericana, pero el horario y la intensidad de su trabajo no le permitían una colaboración directa.

—Que te llegó el turno de salir volando… —comentó Antonio.

Carmen fue por café.

—Pues sí, como que a todos nos está llegando la hora —dijo Juan Carlos.

Antonio afirmó que no se explicaba cómo podía estar sucediendo eso en la revolución salvadoreña, que si la gente se seguía saliendo quién iba a quedar ahí.

—Los combatientes… —murmuró Juan Carlos.

Carmen preguntó si querían echarle un poco de tequila al café, pues el frío amenazaba con apretar.

Antonio dijo que él entendía que los combatientes en los frentes de guerra no tuvieran otra opción que seguir combatiendo, morir o pasarse al enemigo, pero que ése no era el meollo del problema, que lo alarmante consistía en que el Partido se cerrara a discutir, que se militarizara, cuando la actual crisis interna exigía una respuesta política.

Juan Carlos vertió un poco de tequila en su taza.

—¿Y ahora cuáles son tus planes?

Le contó que pensaba conseguir el estatuto de refugiado de ACNUR y luego emigrar hacia Canadá o Australia, ya que estos países tenían un programa para aceptar refugiados centroamericanos.

—Tan lejos…

Pues sí, era bastante lejos, pero Juan Carlos estaba harto y quería irse precisamente lo más lejos posible, donde pudiera tomar distancia, reflexionar. A Centroamérica no podía regresar y si se quedaba en México se pasaría la vida como cucaracha buscando empleo.

—Lo que quiero es irme a un lugar donde pueda trabajar, ganar buena plata y que me quede tiempo para estudiar, leer o lo que se me ocurra.

Antonio prefirió servirse el tequila en una copita. Dijo ¡Salud! y se lo tomó de un trago.

La temperatura se hizo tibia, acogedora, propicia a la charla.

Carmen puso un disco de Mercedes Sosa, se metió a la cocina y les advirtió que si querían comer le tenían que ayudar a preparar la cena. Juan Carlos ya había terminado su café y ahora bebía el tequila, al igual que Antonio, en una copita. Los ojos de ambos brillaban.

Antonio repetía, con más amplitud y detalles, la versión sobre la crisis económica mexicana que horas antes, al llegar del aeropuerto, había expuesto Carmen. Juan Carlos preguntó hasta dónde esa situación podía convertirse en crisis política. No, de ninguna manera, las instituciones creadas por la revolución mexicana aún eran sólidas. Innecesario discutir sobre esto con Antonio; por cortesía, prudencia.

Carmen insistió en que le ayudaran a limpiar el arroz y a partir las verduras. Juan Carlos dijo que él se encargaría de preparar el arroz, era su especialidad; Antonio afirmó que él los asesoraría.

Ninguna frase reveladora se había filtrado, pero Juan Carlos pensó que esa pareja tenía problemas: en más de una ocasión se había encontrado con una rara mirada de Carmen. Quiso creer que era efecto de los tragos. Aunque luego de la cena, cuando ya se había arropado en el sofá del estudio, y esos ojos se le aparecieron de nuevo, tuvo que hacer un esfuerzo para cortar de tajo lo que consideró como una ilusión peligrosa.

2

A Gabriel tenía que pedirle un favor preciso: que lo ayudara a conseguir el estatuto de refugiado de ACNUR. En una ocasión éste le había dicho que una amiga trabajaba en esas oficinas. Era la ruta más corta y segura.

Se encontraron en el metro División del Norte. Salieron a un mediodía gris, ventoso. Pasaron al súper a comprar una botella de ron.

Se conocían desde una década atrás, antes de la revolución, cuando Gabriel era profesor de literatura y Juan Carlos estudiante de filosofía en la universidad jesuita. Luego se habían reencontrado en México: Gabriel colaboraba en la oficina de prensa del Partido. Pero estuvo un periodo corto. Cuando le exigieron que dejara su trabajo docente y se dedicara a tiempo completo a la revolución, se hizo a un lado. Juan Carlos fue de los pocos que lo entendieron.

Antes de llegar al apartamento, ya le había soltado a boca de jarro su historia: la ruptura con el Partido, las dificultades para salir de Managua, sus planes inmediatos. Gabriel lo alentó, le aseguró que Rita —así se llamaba— aún laboraba en ACNUR, que no habría ningún problema, que muchos compatriotas estaban partiendo hacia Canadá.

Teresa lo recibió afectuosa; era cuarentona, como Gabriel, pero se conservaba fresca, chispa.

—Bueno, maestro, ¡brindemos porque consiga usted unas buenas muchachonas allá en el norte! —exclamó Gabriel.

Teresa había preparado unos frijolitos y un guacamole al estilo salvadoreño; Gabriel era un fanático de Agustín Lara.

No hubo mayor preámbulo. Le preguntaron cuáles eran las causas de su ruptura, por qué no se había quedado en Managua, cómo miraba la situación del Partido, de la guerra. Juan Carlos no sintió ese aburrimiento propio de quien tiene que repetir un rollo harto conocido, sino el entusiasmo de quien tiene la oportunidad de aclarar y aclararse. Tomó impulso: se sirvió otro trago, con Coca-Cola y mucho limón.

Les explicó que para él ya resultaba imposible seguir trabajando con el Partido, que la muerte de los dos comandantes había llevado a una situación de desconfianza que, desgraciadamente, condujo a una vigilancia policíaca. Su trabajo con las agencias internacionales de financiamiento resultaba ineficaz, absurdo, pues siempre lo acompañaba una especie de comisario, un sujeto con la capacidad de decir la cosa más inapropiada en el momento exacto. Además, el mismo hecho de que le pusieran un informante para que lo controlara era una muestra de desconfianza intolerable.

La consigna en este momento es la incondicionalidad absoluta, cualquier crítica resulta sospechosa. Cerrar filas significa someterse.

—Qué triste —se lamentó Teresa—. ¿Adónde vamos a ir a parar?

La olla de presión comenzó a silbar desde la cocina.

En Managua, la situación era difícil para los salvadoreños, mucho más para aquellos que se habían salido del Partido. No había nada que hacer ahí. Juan Carlos se había retirado, por dicha, sin enfrentamientos. Era muy amigo del Sebas, el jefe del trabajo internacional del Partido; eso le había permitido negociar. Pero tuvo que recurrir a su familia en San Salvador, aprovechar a un pariente que pasaría por Managua, para que le enviaran los seiscientos dólares con los que compró el pasaje y pudo venirse a México. Otros no tenían esa suerte.

Entró uno de los hijos de Gabriel y Teresa. Un muchacho de unos veinte años, con los mismos rasgos indígenas de su padre. Saludó, se sirvió un trago y se perdió en las habitaciones.

Juan Carlos contó que había tratado de comunicarse con el Turco, pero que sus esfuerzos habían resultado inútiles. Preguntó si aún vivía en el mismo sitio. Le dijeron que sí, que quizás había salido del D.F. No habló del Negro, hubiera sido una provocación; Gabriel lo detestaba.

—¿Te estás quedando donde Carmen? —preguntó Gabriel.

Sí, en el mismo lugar. Con un poco de pena, claro, porque ya no había militancia de por medio. Antonio le había dicho la noche anterior que podía quedarse el tiempo que necesitara, que no se preocupara por la comida y si no le salía lo de Canadá, él (Antonio) le ayudaría a buscar un empleo en México, que las cosas tampoco estaban como para desesperarse. Un tipo generoso, en especial porque era Carmen la que había tenido el compromiso político.

—Yo le decía, maestro, porque cuando tenga bronca ya sabe que aquí abrimos espacio.

Le agradeció. Teresa traía sendos platos de sopa.

—¿Y a vos cómo te va en tu trabajo?

Más o menos. Continuaba con sus clases en la UNAM y esperaba finalizar en un par de meses su tesis de doctorado. Trataba, por supuesto, sobre las relaciones entre el escritor y la revolución en El Salvador. Un tema caliente, pero inevitable. El asesinato del poeta Roque Dalton, a manos de sus propios compañeros guerrilleros, era el eje alrededor del cual estaba tejiendo su trabajo.

—Te van a colgar de los huevos —comentó Juan Carlos.

Arremetieron contra un plato de picadillo de carne; se pasaron de nuevo la botella.

La división sufrida por el Partido luego de la muerte de los comandantes había afectado profundamente a la militancia en

México, coincidieron. Una buena parte se había ido con la escisión; otros sólo se habían apartado. Igual crisis se enfrentaba en Costa Rica, Estados Unidos, Europa. El trabajo de solidaridad se venía a pique, aparatosamente.

Teresa les preguntó si iban a querer café. Respondieron que más tardecito.

—¿Y le ha dado tiempo de leer, maestro?

Hablaba de literatura.

Un poco. Lo último habían sido dos novelas de Manuel Scorza; fabulosas. Aunque más bien necesitaba que Gabriel lo orientara. Porque éste y el Turco eran las únicas dos personas que le conocían ese flanco, esa fugaz ambición de ser escritor que tuvo años atrás, en sus tiempos de estudiante, cuando compuso unos poemillas tediosos que, por suerte, únicamente ellos dos conocieron.

Ahora que tendría todo el tiempo del mundo debía aprovechar para leer. Gabriel le prestaría los libros que quisiera. Por eso cruzaron el corredor hacia la biblioteca, donde éste empezó a mostrarle sus nuevas adquisiciones, mientras rolaba diestramente un purito de mota. Insistió en que debía leer dos novelas que calificó de geniales: *La broma* de Kundera y las *Memorias de Adriano* de la Yourcenar.

—Tal vez se anima a escribir sus percances de los últimos tiempos —dijo Gabriel.

Juan Carlos dudó cuando aquél le pasó el purito. Nunca había guardado las apariencias con su amigo, pero temía una depresión en sus actuales condiciones anímicas. La llama acabó con sus vacilaciones.

Apartó los dos libros y siguió hurgando en las repisas. Había mucha teoría literaria, poca poesía. El humo le raspó la garganta, le produjo un ataque de tos.

—Jálele con calma, que ésta es de la buena —le advirtió Gabriel.

Juan Carlos quiso leer alguna parte de la tesis; Gabriel se opuso rotundamente.

Esperaron un rato a que el humo se disipara a través de las ventanas.

Teresa los recibió como si no se hubiese dado cuenta; siempre se comportaba de esa manera. La mota sí que estaba buena. Antes de llegar a la sala, Juan Carlos sintió que se distanciaba de sí mismo: abrió el libro de Kundera y se sumió en una frase, con su pensamiento a la deriva.

—Echémonos el otro trago —invitó Gabriel.

El último y después un café bien cargado, porque tampoco se trataba de ponerse hasta atrás.

—¿Y pensás terminar la carrera al llegar a Canadá? —le preguntó Teresa.

Posiblemente. No quería hacerse ilusiones, ni trazar planes, hasta que el viaje estuviera seguro.

«Ya estoy bien loco», pensó. Lo sabía por esa ansiedad inexplicable, por las ganas de estar solo, de ensimismarse; también porque lo invadía esa aguda paranoia, que lo hacía desconfiar hasta de su sombra, que lo llevaba a encerrarse pues en cada transeúnte adivinaba un policía.

—Ya me tengo que ir —dijo.

Había que tomarse el café caliente, bien cargado de ron, para que le balanceara el efecto de la mota.

Se despidió de Teresa; Gabriel lo acompañaría a la estación del metro. En el camino, éste le explicó que no tenía el número de teléfono de la casa de Rita, pero que al día siguiente a primera hora la llamaría a su oficina, para concertarle la cita. Le aconsejó que elaborara una leyenda coherente, que enfatizara más en su condición de perseguido político que en su militancia.

La tarde continuaba gris, enrarecida.

Cuando entró al metro lo asaltó una tremenda angustia. Comprendió de golpe la profundidad de la zanja que había abierto en su vida. Estaba íngrimo. Ocho años, ni más ni menos, quedaban en el camino. Trató de pensar en otra cosa.

3

Caminaba por la calle Chapultepec hacia la parada del trolebús que lo llevaría por Mariano Escobedo. Había hablado con Gabriel y, posteriormente, con Rita. La cita estaba hecha: ella le dijo que llegara ese mismo martes a las once en punto; le advirtió que no se dejara amedrentar por el guardia del edificio, que le dijera que ella lo estaba esperando y subiera al cuarto piso. Tenía una voz sensual, al menos por teléfono, como para hacerse ilusiones. Recordó la calificación de Gabriel: «Es un culazo».

La mañana había calentado, poco a poco, bajo un sol inconstante. Cuando se disponía a cruzar la calle, Juan Carlos tuvo el presentimiento que alguien lo seguía. Fue algo inexplicable, súbito, instintivo. Escudriñó entre los transeúntes, pero no detectó a nadie sospechoso.

Repasó la leyenda que le daría a Rita. Si en ACNUR las cosas salían como él esperaba, la próxima semana le darían una ayuda económica de emergencia.

Ya sentado en el trolebús descubrió un rostro familiar. Salvadoreño, ni dudarlo. ¿Dónde lo había visto? No logró recordarlo.

Subía en el ascensor del edificio cuando se le vino la imagen del tipo: era del aparato de seguridad del Partido, en una ocasión se lo había encontrado como escolta del comandante Gestas. ¿Qué hacía en esta ciudad, en ese preciso trolebús? Quizás ya estaba fuera del negocio. No quiso creer que lo anduviera vigilando; demasiada paranoia.

Rita lo dejó pasmado. Era mucho más hermosa de lo que él había imaginado. La siguió hasta su oficina; un amplio ventanal ofrecía un panorama de edificios, vehículos, smog.

—Sentate —dijo ella.

Su piel era blanca; sus cabellos y sus ojos oscuros. Tenía muy marcado el acento argentino.

—Gabriel me dijo que son viejos amigos —afirmó mientras se acomodaba detrás del escritorio.

Juan Carlos estaba como fascinado.

—Nos conocemos desde hace bastante tiempo —masculló.

Ella sacó un cigarrillo.

—No, gracias —dijo él.

Le ofreció un café.

—Tenés bonita vista —afirmó Juan Carlos, señalando el ventanal.

—Más bien es un paisaje deprimente —respondió ella. En seguida, agregó—: Llegaste hace poco, tengo entendido.

Juan Carlos recordó que Gabriel le había asegurado que era una compañera de total confianza, que no tratara de babosearla.

—El sábado…

Le pasó una taza de café.

Fue al grano.

—Contame tu historia, a ver si te podemos ayudar en algo.

Tomó un sorbo. Calculó que ella, al igual que él, tendría unos treinta años.

—Salí de El Salvador en 1980, después de la huelga general de agosto. Colaboraba con el Frente Universitario y los militares ya me tenían cuadriculado. Enfrenté dos opciones: o me iba del país o pasaba a la clandestinidad. Desgraciadamente, nunca he sido hombre de armas. Me fui a Managua y desde entonces empecé a desempeñarme en el trabajo de solidaridad. Pero hace un par de meses troné. No puedo regresar a El Salvador y en Nicaragua la situación es sumamente difícil. Así que decidí venir a México, con la intención de irme como refugiado a Canadá. Ésa es en síntesis mi historia. Necesito que vos me ayudés a conseguir la calidad de refugiado y que, si es posible, me recomendés con la gente de la embajada de Canadá.

Rita lo miró a los ojos, intensamente.

—¿Y por qué tronaste? —inquirió.

Le sostuvo la mirada. Con esa mujer no era de amilanarse.

—Ése es un cuento largo —masculló—. Te quitaría mucho de tu tiempo.

Ella sonrió. Era espléndida, como para enamorarse.

—¿Tenés algún tipo de documento, recorte de periódico, algo que demuestre que no podés regresar a tu país?

No, nunca había sido hombre público.

Ella hizo un guiño, dando a entender que no importaba.

—Se me olvidaba —se apresuró Juan Carlos.

Le urgía una ayuda económica. Entre los amigos logró conseguir suficiente dinero para el boleto, mintió, pero ahora estaba sin un quinto. Y mientras le salía lo de Canadá necesitaba plata para sobrevivir.

—¿Dónde estás viviendo? —preguntó.

Le explicó que con unos amigos mexicanos, cerca de la Zona Rosa.

Rita tomó nota en una libreta. Luego le pidió que la esperara un momento y salió de la habitación.

Juan Carlos la fue siguiendo con la vista hasta que ella desapareció tras la puerta. Suspiró. Bebió lo que restaba de café de un trago. Reflexionó sobre lo que acababa de decir; se preguntó si no se le habría olvidado algo.

Estaba de pie, frente al ventanal, como ido, cuando ella regresó.

—Tenés que llenar este cuestionario —le dijo, tendiéndole una hoja—. Lo hacés allá afuera, en la mesa del salón de espera, y lo entregás en la ventanilla —pese a su amabilidad, su tono traslucía el estilo del funcionario—. No creo que haya ningún inconveniente para aprobar tu caso. Llamame el viernes como a las diez. Ya te voy a tener una respuesta. Ese mismo día te podríamos entregar una ayuda. En lo que se refiere a tu plan de viajar a Canadá, tampoco creo que tengás problemas. El programa para refugiados centroamericanos continúa abierto. Eso sí, vas a tener que esperar por lo menos un par de meses. Voy a hablar con una conocida de la embajada. Pero comenzarás esas gestiones hasta la próxima semana —le advirtió—, cuando ya te hayamos entregado tu carta reconociéndote como refugiado. ¿Okay?

Rita permanecía de pie, tras el escritorio.

Juan Carlos echó una ojeada a las preguntas del cuestionario.

—No me recomendás nada especial para llenar esto…

Ella le dijo que escribiera sus datos personales y la historia que le acababa de contar.

Se dieron la mano.

Cuando Juan Carlos alcanzaba la puerta, Rita exclamó:

—A ver cuándo tenemos tiempo para que me expliqués por qué están tronando tantos salvadoreños…

Juan Carlos sonrió.

—Te llamo el viernes —dijo.

Sin embargo, cuando contestaba el cuestionario se preguntó si no había metido la pata, al negarse a entrar en detalles sobre las razones que lo llevaron a salirse del Partido. Se calmó: ella le había asegurado que todo saldría bien.

Cuando bajaba en el ascensor pensaba cada vez menos en sus gestiones y era la presencia encantadora de Rita la que lo iba llenando. Quiso que fuera de inmediato viernes. Se propuso hablar lo antes posible con Gabriel para que le diera todos los datos que tuviera sobre ella; intentaría encontrarlo ahora mismo.

A la salida del edificio vio al tipo del trolebús. Cruzaron una mirada de reconocimiento, recelosa; pasaron de largo. Al parecer andaba en las mismas, fuera del negocio y en busca de plata. Aunque a Juan Carlos le quedó una sensación rara, de duda.

En la esquina había un teléfono. Marcó el número de Gabriel. Teresa le dijo que acababa de salir, que regresaba a la hora de comida; le preguntó si ya había visitado ACNUR, cómo le había ido. Juan Carlos le respondió que todo había salido bien, que Rita se había portado de maravilla.

Luego de colgar, estuvo un rato con la bocina pegada a la oreja, como si estuviera hablando, mientras observaba la entrada del edificio. Vio cuando el tipo salía y se quedaba apoyado en un carro, como esperando a alguien. Recordó que tenía que llamar al Turco. Nadie contestó. Trataría de nuevo a la hora de comida.

Llegó al apartamento en el momento en que Carmen se disponía a subir las escaleras con un par de bolsas de alimentos. Le contó que había tenido suerte en ACNUR, que posiblemente para el viernes resolvían su caso y le entregarían la ayuda. Carmen le indicó que pusiera las bolsas en la cocina y lo invitó a una cerveza. Juan Carlos notó que ella tenía unas ojeras demasiado marcadas, que le sentaban bien, sin duda, pero que evidenciaban algo más que desvelo.

Había tenido una entrevista esa mañana, en una universidad privada, en la que necesitaban un profesor de sociología. Ella estudió precisamente esa carrera, aunque nunca había ejercido la docencia. Sus experiencias laborales se limitaban a la burocracia y los últimos dos años se había dedicado a tiempo completo al trabajo de solidaridad impulsado por el Partido. Económicamente, la mantenía Antonio, y eso era, según ella, el origen de sus conflictos. Porque ahora Carmen estaba como en el aire; por eso le urgía el empleo.

Cuando terminaron de preparar la comida ya se habían tomado un *six* de cervezas y ella le había confesado que su relación con Antonio estaba en crisis. Juan Carlos pensó que esa mujer le estaba abriendo un flanco, sin muchos rodeos. De momento se entusiasmó. Pero luego la imagen de Antonio lo bloqueó.

Al terminar de comer, Juan Carlos se apresuró a salir a hacer sus llamadas telefónicas.

4

—¿Aquí no dan boquita? —preguntó Juan Carlos.

—Qué putas. Cantinas con botana ya sólo en el centro. Y no todas —dijo el Turco.

Les trajeron la segunda cerveza; las copas de tequila estaban casi a la mitad. Aquello era un griterío: la barra repleta, apenas una mesa vacía. Dos parejas estaban en la mesa contigua; una de las tipas coqueteaba con quien podía en lo que su macho se descuidaba.

—A que te lleve putas vas a Canadá. Con ese frío. Te deberías quedar aquí…

—Comiendo mierda…

El Turco bebía como desesperado: se tomó lo que quedaba de tequila y, en seguida, dio un largo trago de cerveza.

—Más mierda vas a comer allá, vas a ver. Yo que vos me quedaba aquí. Con el conecte en ACNUR podés conseguir una beca y la vas pasando mientras te ubicás.

El Turco llamó al mesero. Le pidió otra ronda.

—Sólo tráigale a él, que yo todavía tengo —lo detuvo Juan Carlos.

Estaban en La Guadalupana, cerca del zócalo de Coyoacán. El Turco ya se había quejado de que esa cantina iba de mal en peor, que ahora parecía restaurante familiar, o un lugar para que se confesaran los snobs de la zona. Pero era la que le quedaba más cerca de casa.

Le contó que a él no le iba mal, no se podía quejar. Dentro de poco cumpliría tres años de estar en México; los primeros seis meses sí se lo había llevado la chingada, pero nada más era de encontrarle el lado. Ahora ya había terminado su primer año en el conservatorio, tenía un empleo jueves, viernes y sábado, en el bar del hotel Ópalo, tocaba cuatro horas el piano, una pereza, pero no le pagaban mal. Además, tenía la beca de ACNUR y daba clases particulares de piano. Hasta mujeres le sobraban.

—¡Salúcita!... —brindaron.

Le confesó que, en verdad, él pensaba quedarse ya de una vez en México. ¿A qué regresaría a El Salvador? Ese país está maldito. No tiene salida. La revolución ya la chingó. ¿Qué otra cosa queda?

—No hay que ser tan pesimista —dijo Juan Carlos.

Pero éste sabía que el Turco era el veneno puro; siempre buscándole el lado oscuro a las cosas.

—No, cabrón, hay que ser realistas. Ese pinche país se pudrió a lo pendejo. Imagínate, qué haría yo ahí como músico. Tener que lamerle el culo a una manada de imbéciles para conseguir un empleíto cualquiera. Y si triunfara la revolución, sería peor...

Llamó de nuevo al mesero.

Para Juan Carlos no valía la pena discutir de política con el Turco. Era visceral, intransigente, resentido, cruel, obsesivo. Lo simpático era escucharlo.

La cantina estaba hasta el tope. A cada rato entraban tipos que se paraban cerca de la barra, buscaban sin convicción un lugar vacío y se iban; otros se quedaban rondando, en espera de una mesa.

—¿Te digo por qué? —continuó el Turco—. Porque ninguno de esos cerotes que dirigen la revolución tiene la puta idea de lo que es el arte. Creen que es la cancioncita antes del discurso y ya. Se muestran interesados porque saben que les produce dinero de la solidaridad internacional. Eso yo lo viví; vos sabés.

Claro que lo sabía. Juan Carlos era uno de los encargados del trabajo internacional cuando el Turco se presentaba como cuadro cultural del Partido. Ahí se reencontraron. Lo hacían cantar en los actos de apoyo a la lucha del pueblo salvadoreño. No sólo en México; hizo una gira por Europa y Canadá. Pero nunca pudieron meterlo en cintura. Quiso seguir bebiendo y fumando mota como siempre, a lo descosido. Una afrenta para los curas del Partido. Hasta que reventó, en el momento en que trataban de ponerse de acuerdo sobre la eventual grabación de un disco.

—Hay gente que sí entiende —explicó Juan Carlos—. El problema es que en un aparato, en una maquinaria, aunque un tornillo funcione bien, si el todo no está diseñado para eso, de nada sirve.

Pues ése era el problema, que ese todo estaba diseñado sólo para tirar tiros y cumplir órdenes. ¿Qué podía esperarse?

—Tengo hambre —dijo Juan Carlos—. Pidamos la carta.

No, había que aguantarse, porque aquí los precios de la comida eran infames. Mejor se tomaban la última ronda y luego iban a una taquería, al otro lado del parque.

Es que él no tenía nada en su apartamento; casi siempre comía en la calle. Por eso le propuso que se encontraran en la cantina. Le repitió que si tenía problemas de vivienda que se viniera con él, que el apartamento era chico y lo compartía con un compa, pero podría abrir espacio. Juan Carlos dijo que gracias, prefería donde Carmen, le quedaban cerca ACNUR y la embajada.

Un niño insistía en lustrarles los zapatos. El Turco le dijo que no, que siguiera su camino; pero convenció a Juan Carlos. Se sentó en su banquito y colocó la caja de lustre en el piso para que éste subiera el pie con su mocasín; sacó el cepillo, la lata de betún y una franela.

La mera noticia: el Turco estaba formando un grupo, no para tocar esas cancioncitas pendejas puestas de moda por los cubanos, sino un grupo de jazz. Con dos cuates del conservatorio. Apenas se habían reunido tres veces y ya se le miraba forma. Un baterista, un bajista y su piano. Después pensaban integrar un saxo.

—¡Salú! —brindó Juan Carlos.

—¡Salú! —dijo el Turco—, porque al fin te saliste de esa mierda. Yo sabía que ibas a tener huevos.

Le ofreció invitarlo a un ensayo, para que le diera su opinión. Porque para él, Juan Carlos era de los pocos tipos con sensibilidad que habían ido quedando en la revolución. La mayoría era un hatajo de mulas, ambiciosas de poder, corruptas.

—Hay de todo…

—Neles. Y vos has tenido que ver con dinero, lo sabés mejor que yo. ¿Cuánto gana uno de esos dirigentes que se dedican al turismo revolucionario? Decime.

—Depende.

—Dios dijo: yo ahí los dejo, que el más vivo joda al más pendejo. ¡Salú!

El niño le indicó a Juan Carlos que pusiera el otro pie sobre la caja de lustre. Cepillaba con ahínco, como si no escuchase lo que ellos decían.

El mesero recogió los envases. Les preguntó si les traía otra ronda. La última, dijeron.

Un trío cantaba un bolero hacia el fondo de la cantina. La tipa de la mesa contigua le lanzó una mirada provocativa a Juan Carlos. Recordó a Rita. Le preguntó al Turco si él también había tenido que tratar con ella para que le dieran su beca como refugiado. Éste dijo que no, pero sabía quién era, la había visto, un señor culazo.

El niño terminó, metió sus implementos dentro de la caja, recibió las monedas de Juan Carlos y se dirigió hacia la siguiente mesa.

Antes de pedir la cuenta, tenían que orinar. Juan Carlos fue primero. Siempre le había parecido que los servicios sanitarios en lugares públicos eran un sitio ideal para un asesinato. Por eso orinaba lo más rápido posible y nunca se detenía a lavarse las manos.

—¿Has visto al Negro?

Hacía como dos meses que no lo miraba, respondió el Turco. Al parecer andaba fuera del país.

—Ha de ser cierto, porque lo he estado llamando a su casa y nadie contesta —explicó Juan Carlos. Buscarlo en la oficina no le parecía prudente.

Les trajeron la cuenta. Ya dos tipos habían rodeado la mesa, prestos a sentarse.

Salieron a una penumbra ventosa, fría.

El Turco afirmó que el Negro era un pinche creyente, que nunca dejaría de ser militante, el típico burguesito que pasaba de la orden jesuita al Partido. Lo salvaba que fuera tan buena persona.

Cruzaron la plaza por el lado del quiosco, bajo luces de colores y adornos navideños. Las paredes de la taquería estaban pintadas de un amarillo chillante, ofensivo; Juan Carlos no quiso seguir bebiendo cerveza.

—Ya a lo macho, ¿qué pensás hacer en Canadá? —le preguntó el Turco—. O más bien, ¿qué putas vas a hacer con tu vida ahora que no le tenés que dar cuentas a nadie?

Si lo tuviese claro quizás la cosa fuese más fácil. Pero el cuestionamiento del Turco iba a fondo, porque no se refería a cómo iba a subsistir, en qué trabajaría, sino al proyecto vital. ¿O nada más buscaba seguridad, lo cómodo, una manera de pasar vegetando?

Les sirvieron la orden de cebollitas.

Tenía treinta años, sin título ni otro currículum que el de la conspiración. Se consideraba un buen organizador, ¿pero de aquí en adelante organizar para quién, para qué? A veces sentía que era muy tarde para ponerse a estudiar, aunque no miraba otro horizonte. Ojalá fuera sencillo. Se trataba de rehacer la vida, ni más ni menos.

—¿Y nunca volviste a escribir versos? —inquirió el Turco.

No, desde la época de la universidad, por suerte, porque era una calamidad en ese terreno.

Se hartaron de tacos al pastor. El Turco quería seguir bebiendo, propuso que fueran a su apartamento, comprarían una botella en el camino, oirían música, además tenía guardada un poco de yerba. Pero Juan Carlos prefirió regresar temprano a casa. Quedaron de verse el fin de semana. Mientras esperaba el autobús, Juan Carlos recapacitó en que apenas habían conversado sobre los amigos de la adolescencia, algunos de ellos convertidos en ejemplares padres de familia; otros enmontañados, muertos o desaparecidos en la guerra. Habían sido vecinos en la misma colonia durante la adolescencia y ése era un tema obligado en sus pláticas.

Se ajustó la chamarra porque el frío de la noche apretaba.

5

La mañana del jueves Juan Carlos la pasó tirado en el sofá, leyendo, bebiendo té y fumando su pipa; no tenía ningún compromiso ese día. Carmen y Antonio habían salido temprano y gozaba el apartamento a sus anchas.

La novela de Kundera lo tenía atrapado. Al principio leyó con prejuicio, pues temía encontrarse con una chabacanería anticomunista. Pero a medida que pasaba las páginas, el libro lo fue seduciendo.

Pensó en la posibilidad de que su historia personal pudiese servir para escribir una novela de esa envergadura. Le pareció, sin embargo, que lo suyo era demasiado insípido, tranquilo, sin tragedia. Lo que sí valía la pena contar era la forma en que se habían aniquilado entre sí los dos máximos comandantes revolucionarios; aunque para eso se necesitaba una pluma maestra.

Al mediodía bajó a comprar el periódico y una Coca-Cola.

En la esquina, sentado en la cuneta, respaldado en un poste, leyendo una fotonovela, estaba un sujeto sospechoso. Alzó la vista cuando Juan Carlos pasaba. A éste no le cupo duda de que era un oreja. A su regreso, el sujeto se hizo el desentendido.

Juan Carlos entró de prisa al apartamento y buscó de inmediato el sitio preciso a través de la cortina, desde el cual, sin ser visto, podía observar la esquina. El sujeto permanecía leyendo su pasquín; en ningún momento miró hacia el apartamento o hacia la entrada del edificio.

Juan Carlos volvió al sofá. Trató de convencerse de que no tenía por qué alarmarse, que él estaba legal en México, fuera del Partido y de la guerra. Como si el enemigo de pronto desapareciera. Regresaba a observar cada ciertos minutos: el sujeto leía inmutable.

Se enfadó porque ya no pudo concentrarse en la novela. Estaba en la cocina, sirviéndose otro vaso de Coca-Cola, cuando escuchó, con sobresalto, que alguien quitaba llave a la puerta de entrada.

Carmen también se sorprendió de encontrarlo.

—No imaginé que estarías aquí… —comentó.

—Me asustaste —dijo Juan Carlos.

Le explicó que un tipo raro estaba en la esquina, con toda la pinta de tira. Fueron a la ventana: el sujeto había desaparecido.

—No hay de qué preocuparse —aseguró ella.

Luego le contó que esa mañana había visitado de nuevo la universidad, en busca de la plaza, pero que aún no se ponían claros.

—Me dijeron que llame por teléfono el lunes, que hasta mañana se reunirá el consejo de profesores para decidir entre los candidatos —afirmó mientras se metía a su recámara.

Juan Carlos abrió el periódico sobre la mesa del comedor. Tenía ganas de ir al cine esa tarde.

—¿Ya viste *Fanny y Alexander?* —preguntó.

No, ella no la había visto, pero todo el mundo coincidía en que era excelente.

—¿Dónde la exhiben? —inquirió Carmen.

Muy cerca, en el cine Latino. Pero duraba más de lo ordinario, sólo proyectaban dos funciones: una a las cuatro y otra a las ocho.

Carmen propuso que fueran en la tarde, después de comer, a ella muy noche le daba sueño. Juan Carlos objetó: ¿quién sabe si Antonio vendrá temprano? ¿Alguien habló de esperar a Antonio? Los jueves tenía junta de evaluación, llegaba tardísimo.

Cuando salió de la recámara, ella afirmó que le apetecía una cerveza; a Juan Carlos no, había bebido mucho el día anterior, pero se ofreció bajar a comprarla, así de una vez indagaba si el sujeto sospechoso aún se encontraba rondando.

En la calle, buscó con detenimiento: ni señas del tipo. Pensó en que si detectaba más vigilancia o seguimientos, quizá debía buscar otro lugar de vivienda. ¿O sería conveniente quedarse aquí y ganar la legalidad? Cuando se dieran cuenta de que estaba de paso, las autoridades mexicanas no tendrían por qué molestarlo.

Todo fue sentarse a la mesa para que Carmen empezara de nuevo sus quejas: no acababa de digerir su salida del Comité de Solidaridad cuando ahora tenía que enfrentar una crisis de pareja. A Juan Carlos le dio pereza jugar el papel de consejero matrimonial.

—Los truenes nunca vienen solos —sentenció.

Pero Carmen ya estaba encarrilada. Ella creía que Antonio tenía otra relación, tal vez en la oficina; no le ponía atención, siempre venía cansado, no mostraba interés por los problemas de ella.

—Ya le va a pasar —dijo Juan Carlos.

Quién sabe, argumentó ella. Es que después de vivir cinco años juntos toda relación comienza a pudrirse.

—Tú no entiendes porque no has pasado esa experiencia.

Por supuesto. Juan Carlos alcanzó a vivir casi un año con una compañera, en 1976, cuando ambos iniciaban su militancia, pero ella le puso los cuernos y todo se fue al carajo. Una vergüenza. Desde entonces, entre prolongados períodos de abstinencia, había tenido una que otra mujer con quien acostarse. Nada serio. Además, los ajetreos de la guerra no permitían embarcarse en una relación estable.

Carmen fue a la cocina. Tenía hambre, había salido sin desayunar. Dijo que calentaría la sopa del día anterior y prepararía unos bistecs.

—Cuéntame, ¿por qué te puso los cuernos?

Juan Carlos odiaba tener que hablar sobre su pasado, sobre su vida privada. Antes, con el argumento de la compartimentación, del clandestinaje, evadía las preguntas. Ahora debía buscar nuevos atajos.

—Cada quien andaba en su rollo —masculló—. Ya no funcionaba la relación.

—¿Y la has vuelto a ver?

Varias veces. Ella era responsable política del Partido en un sector de Chalatenango. Se había casado con un comandante.

—Con el que te puso los cuernos...

No, aquello fue antes.

Carmen insistió: ¿pertenecía al Partido el tipo por el que su compañera lo había dejado?

Juan Carlos entró a la cocina a servirse lo que quedaba de Coca-Cola. Le dijo que no fuera curiosa. Tomó unos mantelitos individuales, platos, cubiertos y puso la mesa. Remover esos terrenos no le gustaba: desde esa época se hizo a la idea de no mezclar sus sentimientos personales con el trabajo político.

Carmen aclaró: no es que ella fuera morbosa. Lo que pasaba era que había enfrentado situaciones peculiares, grotescas, que recordó al oír la experiencia de Juan Carlos. En verdad, no había hablado con nadie de esto, mucho menos con Antonio. Pero dos compañeros del Partido trataron, con insistencia, de acostarse con ella.

Juan Carlos creyó saber a quiénes se refería; relatos similares eran la comidilla de buena parte de la militancia.

Llevaron la olla y la sartén a la mesa.

El primero había sido Arturo, de qué extrañarse, si ésa era su especialidad. No tenía la menor contención: si una escoba se le ponía enfrente, a la escoba trataba de cogerse. Y ocupaba su cargo político para eso. Como responsable del Partido en México lo más natural era que hubiese intentado acostarse con Carmen.

La sopa estaba hirviendo; la carne un tanto fibrosa.

Marcelino era el otro. Un enano lumpen, ridículo, que incluso recurrió a los sentimientos de solidaridad de Carmen para que ésta, como mexicana, le satisficiera sus necesidades sexuales. Ni más ni menos el representante obrero del Partido en México.

—¿Y no le diste gusto a ninguno? —preguntó, burlón, Juan Carlos.

—Nunca llegué tan bajo. Si alguno hubiera estado buenón, tal vez lo hubiera pensado —dijo, sarcástica—. Pero con esos esperpentos…

Ambos, por supuesto, se convirtieron en acérrimos enemigos políticos de ella. Hasta que salió volando del Comité.

Juan Carlos lavó los trastos mientras Carmen preparaba el café. El triunfo de la revolución no dependía de que en sus filas hubiera únicamente moralistas intachables, acotó aquél, pero había cada cafre.

Dormiría una siesta, dijo ella, para que después se fueran al cine. Juan Carlos llenó su pipa y reabrió la novela de Kundera. No le terminaba de agradar la idea de ir a solas con Carmen a la película; Antonio podría hacer suposiciones equivocadas.

Al poco rato, él también cabeceaba. Se recostó en el sofá y, antes de quedarse dormido, se dijo que si Carmen no despertaba a tiempo, él no le interrumpiría el sueño.

6

A las diez en punto telefoneó a Rita: su caso había sido resuelto positivamente, podía pasar ese mismo día por la carta de reconocimiento como refugiado y por su ayuda económica de emergencia, pero debía apresurarse porque los bancos cerraban a la una; la voz fue seca, cortante, en ningún momento perdió el tono de funcionaria. No se atrevió a preguntarle cuánto dinero le darían.

Media hora más tarde, Juan Carlos entraba al edificio.

Ella lo recibió en su oficina, sin levantarse, ni tenderle la mano, ni siquiera alzó la vista del escritorio.

—Sentate —casi ordenó. Leía, con la frente arrugada; enfadada.

Juan Carlos guardó silencio.

Después de un par de minutos, ella terminó de leer, guardó los papeles en una gaveta, buscó entre el escritorio y le entregó una hoja sujetada por un clip a un sobre.

—Aquí está tu carta —dijo—. Con ella te podés presentar la otra semana a la embajada.

—Gracias… —musitó Juan Carlos, con una sonrisa de agradecimiento.

Le indicó que había un cheque para él en la ventanilla, eran treinta mil pesos, que si tenía algún apuro la llamara. Su rostro se relajó un poco; pero habló como quien daba por terminada la entrevista.

Juan Carlos se puso de pie.

—¿Hablaste con tu amiga de la embajada? —preguntó.

Ella afirmó que no la había encontrado, volvería a intentar, aunque de todas formas con la carta que llevaba no tendría problemas.

—Sabés qué... —dijo Juan Carlos, luego de tenderle la mano—. Yo te iba a proponer que tomáramos un café hoy o el fin de semana. Gabriel me recomendó que conversara con vos sobre la situación salvadoreña, para darte nuevos puntos de vista. Pero veo que estás bien atareada.

Sí, efectivamente, tenía un montón de trabajo y no sabía cómo iba a estar su tiempo. Le propuso que la llamara a las dos de la tarde.

Después de pasar por la ventanilla, donde le entregaron su cheque y le informaron que una sucursal de ese banco estaba ubicada a dos edificios de por medio, Juan Carlos vio al compañero del aparato de seguridad del Partido, a quien se había encontrado el martes. Parecía esperar una entrevista.

En el banco había una fila inmensa. No era mucho dinero, pero junto a los dólares que le quedaban, le serviría de colchón mientras se decidía lo de Canadá.

La llamó a las dos en punto. Ella dijo que tendría tiempo entre cinco y seis de la tarde, que se reunieran en el Sanborns frente al cine Chapultepec. Sonó más amigable.

Gabriel no sólo le había recomendado que conversara con Rita. Le reveló que era ex montonera; que había salido de Argentina luego de que desaparecieron a su marido; tenía una hija de ocho años; vivía sola, con la niña, en Villa Olímpica; y, lo más importante, había colaborado en un colectivo de apoyo al Partido.

Hasta cuando estaba empurrada le parecía preciosa, pensó. Se previno, sin embargo, que no debía hacerse ilusiones. Hablarían sobre la guerra y ya. Lo que a él le interesaba era que ella lo apoyara al máximo en su gestión ante la embajada canadiense. Cualquier otra pretensión resultaba descabellada.

Llegó al Sanborns a las cuatro y media. Estuvo un rato hojeando revistas. Sopesó las posibilidades de recuperar un libro, como en los viejos tiempos. Se paseaba entre los estantes. En el momento en que se agachó para alcanzar un tomo, en un segundo se metió otro bajo la camisa. Siguió como si nada; la chamarra lo cubría. Caminó hacia el restaurante, echó una ojeada a las mesas y enfiló hacia la salida.

Era *Opiniones de un payaso* de Heinrich Boll. Le quitó la viñeta del precio, sacó un bolígrafo y escribió: «Para Rita, como muestra de agradecimiento» y su firma ilegible. Estaba sentado en una de las bancas del Paseo Reforma, desde donde divisaba la entrada al Sanborns.

Dieron las cinco y veinte y ella no aparecía. Se disponía a entrar de nuevo al lugar, para cerciorarse de que Rita no hubiera pasado sin que él se diera cuenta, cuando la vio salir del estacionamiento. Era lo suficientemente hermosa como para que costara acostumbrarse a caminar con ella en la calle: demasiados piropos, miradas lascivas.

Cuando les llevaron el menú, Rita dijo que aún no había comido. Pidió una ensalada del chef y una Coca-Cola; Juan Carlos nada más un café. Ella comentó que había tenido un día de perros, como pocos: siempre al comienzo del año tenían que revisar nuevos proyectos, planes de trabajo. Por suerte ahora daba inicio el fin de semana.

Juan Carlos le preguntó si a ella le tocaba tratar con muchos salvadoreños en su oficina.

La mayoría. Había cada caso… Y cada vez llegaban más y más. A los compatriotas de Juan Carlos, en verdad, se los estaba llevando putas en México. No había cifras exactas; se hablaba conservadoramente de trescientos mil en todo el país. Nunca se sabría. ¿Cómo sería la situación en El Salvador para que, después de todo, prefirieran las miserias de acá?

Muchos iban de paso hacia Estados Unidos, era cierto, pero una gran parte se quedaba en el camino. Taqueros, constructores del metro, vendedores de mercadería de contrabando en Tepito, policías, hasta en dirigentes de comités del PRI se convertían.

Agradable, tranquila, como la primera vez que la había visto: sacó de su bolso una cápsula que se tomó con un trago de la gaseosa.

—¿Vos estabas en Managua cuando la muerte de los comandantes? —le preguntó, de sopetón.

Juan Carlos venía preparado. Durante los últimos seis meses de militancia, su trabajo había consistido, en gran medida, en explicar a los organismos de financiamiento y a sectores de la solidaridad internacional, cuáles eran las causas y los efectos de los sucesos que culminaron con el asesinato de la comandante Ana María y el suicidio del comandante Marcial. Lo que todo el mundo quería saber.

Respondió que sí, que le había tocado vivir más o menos de cerca esos hechos.

—¿Y vos creés que Marcial la mandó a matar?

Eso decía el comunicado oficial del Partido, dado a conocer en diciembre de 1983: que en abril de ese mismo año, mientras ambos estaban de paso por Managua, el máximo jefe partidario, Marcial, había mandado a asesinar a su segunda al mando, Ana María, y que, al ser descubierto en su fechoría por las autoridades policíacas nicaragüenses, en un gesto de cobardía, optó por suicidarse.

Difícil saber la verdad. Circulaban muchos chismes, versiones estrafalarias. Lo cierto era que había una lucha de poder al interior del Partido. A Juan Carlos le parecía que los puntos clave a través de los cuales se manifestaba esa pugna eran dos: la unidad con las demás organizaciones revolucionarias salvadoreñas y la eventual negociación con el gobierno. Por un lado, estaban los que apoyaban la unidad y la negociación; por el otro, los que se oponían.

—Demasiado esquemático… —dijo Rita.

Por fin le trajeron su ensalada.

Claro que había matices. Otro aspecto que ayudó a pudrir las cosas fue el hecho de que los máximos jefes radicaran en Managua. Eso produjo contradicciones con los encargados de conducir diariamente la guerra dentro de El Salvador, agregó Juan Carlos mientras preparaba su pipa.

Ella comentó que uno de los aspectos más difíciles para los movimientos revolucionarios en general era lograr un equilibrio entre su trabajo interno e internacional.

—¿Vos militaste en Argentina? —preguntó Juan Carlos.

—Colaboré con los Montoneros —dijo Rita, sin inmutarse.

Pero a ellos los habían hecho papilla. En El Salvador, pese a los pleitos internos, la cosa al parecer iba para adelante. ¿Si no cómo explicarse esa acción del 30 de diciembre, cuando las fuerzas revolucionarias arrasaron con el cuartel de El Paraíso, el más importante del país?

Pues sí, aceptó Juan Carlos, el aparato militar de la revolución parecía intacto. El problema era político, pues buena parte del precario movimiento de masas en la capital se había escindido.

La mesera se acercó a preguntarles si no iban a ordenar algo más. Rita pidió un té negro.

—Se me olvidaba —dijo Juan Carlos—. Te traía este libro.

Le agradeció. No, no lo había leído, pero varias amigas se lo habían recomendado.

—¿Ya viste esa película de Bergman que están pasando? —preguntó él.

¿*Fanny y Alexander*? No, no había tenido tiempo.

—Vamos hoy en la noche —propuso.

Era una lástima, pero Rita ya tenía un compromiso. Y el fin de semana se iría a Cuernavaca.

Cuando pusieron la cuenta sobre la mesa, ella se apresuró a tomarla.

—Yo invito —dijo.

Juan Carlos protestó, pero tampoco insistió.

Cuando se despedían, le pidió que no olvidara llamar a su amiga en la embajada canadiense. Ya lo había hecho, esa misma tarde, aseguró Rita. Cuando él se presentara, el lunes entrante, debía preguntar por Patty Thompson. Ella tenía sus datos.

7

Al Negro logró encontrarlo hasta el domingo en la mañana. Éste le confirmó que había estado fuera del país, en Estados Unidos, dos meses entre Nueva York y Los Ángeles, a través de una docena de ciudades, con el objetivo de conseguir fondos para la agencia de prensa. Todo se lo dijo por teléfono, con la misma ligereza con que lo invitó a desayunar a su casa en ese preciso instante.

Pero Juan Carlos ya había desayunado y el Negro vivía en San Jerónimo, a una hora y media de distancia. Acordaron que se verían a mediodía, a la entrada de la librería Gandhi.

Era una mañana soleada, inusual, casi calurosa.

Juan Carlos caminó hasta la glorieta de Insurgentes y abordó un autobús que lo llevaría al sur de la ciudad. Se fue apretado entre sirvientas que se precipitaban a su día de asueto con algarabía, envueltas en vestidos y maquillajes de colores chillantes.

Director de Presal, la agencia de prensa controlada por el Partido, ex jesuita, hijo de un influyente empresario mexicano, el Negro se había vinculado siete años atrás a la revolución salvadoreña, por medio de seminaristas centroamericanos que llegaban a estudiar a México. Juan Carlos lo conoció cuando aquél dirigía el centro de documentación del Partido en Managua, a finales de 1981. Un tipo con el que desde el primer encuentro tuvo la sensación de ser un viejo amigo.

Llegó a la librería con unos minutos de adelanto. Apenas hurgó en la mesa de «novedades», se detuvo frente a las ofertas editoriales y se fue de paso a la sección de discos. Al poco rato se acercó de nuevo a la entrada.

¿Sabría ya el Negro sobre su salida del Partido? ¿Qué posición mantendría ante las disputas internas?

Algunos amigos del Negro, de la época del seminario, eran ahora comandantes. Juan Carlos los conocía desde los años de la universidad, cuando iniciaba su trabajo revolucionario en el sector campesino.

Pero ¿de qué le servía en este momento conocerlos, «estar informado», darle vueltas a la problemática del Partido, de la guerra? Él estaba definitivamente fuera. Éste era el hecho. No había regreso posible. Cualquier nostalgia resultaba idiota.

El Negro llegó, como siempre, entusiasta. Le dijo que lo acompañara a hacer compras, ahí enfrente, al supermercado Aurrerá. Claro que ya sabía que Juan Carlos se había salido del Partido; lo supo en Washington, gracias a Esteban, un amigo común que regresaba de Managua.

Atravesaban el parqueo del centro comercial. Por momentos se levantaba una brisa polvorienta, caprichosa.

Le preguntó qué pensaba hacer, si se quedaría en México o viajaría a otra parte. Juan Carlos le contó lo de Canadá. Al Negro le pareció excelente, le aconsejó que aprovechara para terminar la carrera, sólo le faltaba un año, la revolución iba para largo y había que prepararse.

¿Cómo le había ido en Estados Unidos?

No tan bien como esperaba. El movimiento de solidaridad estaba dividido; la muerte de los dos comandantes había desilusionado a muchos. La gente enderezaba su apoyo de nuevo hacia la revolución nicaragüense. De todas formas, él había logrado promocionar el trabajo de la agencia y conseguir alguna ayuda económica.

¿Y la situación en la agencia?

Los problemas de siempre. La dirección del Partido se había puesto dura y esto impedía un trabajo periodístico ágil, flexible. Todo debía ser consultado.

El Negro jaló una carretilla; sacó un papel con la lista de lo que necesitaba comprar. Había un gentío en el súper.

—¿De veras se acabaron tus posibilidades de negociar? —preguntó el Negro.

Sí, la confianza lo pudría todo. Ya no le dejaban ningún espacio para iniciativas. La fiscalización era total. Sentía un hartazgo, además.

Juan Carlos se hizo cargo de empujar la carretilla mientras el Negro buscaba en los estantes.

Repasaron la trayectoria de compañeros que ambos conocían. Unos habían salido de la crisis partidaria con más poder; otros, como Juan Carlos, iban en retirada; un grupo, los más necios, se hacían ilusiones con formar otra organización.

A propósito, ¿conocía el Negro al tipo del aparato de seguridad del Partido con el que Juan Carlos se había encontrado en ACNUR? Lo describió. Se trataba del Chele Carlos, un cuadrazo militar, aseguró el Negro. De los comandos encargados de secuestros, asaltos a bancos, ajusticiamientos, actividades de inteligencia y contrainteligencia; de esas implacables máquinas de guerra que no se tocaron los hígados para meterle ochenta y dos picahielazos a la comandante Ana María.

El Negro compraba como buen burgués, sin reparar demasiado en los precios. Eran sus provisiones para la semana.

—Y vos, ¿cómo la ves, creés que aguantás mucho? —inquirió Juan Carlos.

Llegaron a la sección de vinos y licores.

Pensaba que había que dar la lucha desde dentro, hasta donde fuera posible, para evitar que se consolidaran las tendencias estalinistas.

De todas las cajas registradoras salían filas enormes.

Cuando ya casi llegaban donde la cajera, en un descuido, Juan Carlos se embolsó un paquete de repuestos para su máquina de afeitar.

Lo ayudó a cargar las bolsas al carro.

—¿Tienes algo que hacer? —preguntó el Negro.

—Nada —dijo Juan Carlos.

Para que lo acompañara a traer una carta que le había enviado con un cuate el corresponsal de la agencia en Costa Rica.

Enfilaron por la avenida Universidad, hacia el norte. El Negro conducía como un viejo, sin otra maña que la prudencia. Y no perdía su estilo de cura, de buen confesor: Juan Carlos se vio de pronto hablando de su familia —sus padres, un hermano mayor y una hermana menor—, a la que no miraba desde la última vez que había ido a El Salvador, dos años atrás. Mantenían una relación fría, distante, por la incompatibilidad política. Lo habían ayudado, sin embargo, cuando se encontró sin un quinto para salir de Managua.

Al pasar la calle Doctor Vértiz, se metieron por una diagonal. Buscaban el número setenta y tres. El Negro detuvo el carro y dijo que ya regresaba.

Cuando entró de nuevo al auto venía leyendo una carta.

—Vamos a tener que cerrar la oficina en San José —comentó—. No hay dinero y los compas de allá ya están cansados de tanto ofrecimiento que no se cumple.

El Negro se detenía ante el primer amago amarillo de los semáforos.

Le preguntó cómo estaban Carmen y Antonio.

—Tronando —dijo Juan Carlos.

También se había visto con el Turco, agregó. Todo parecía indicar que éste se sentía de maravillas en México.

El Negro consultó su reloj.

—Me da pena no poder invitarte a casa, pero tengo una comida familiar —se excusó.

Juan Carlos dijo que no importaba, lo llamaría por teléfono para que se encontraran de nuevo. Le pidió que lo dejara a la altura de Insurgentes.

Bajó del carro con esa especie de desasosiego que lo invadía cada vez que hablaba más de lo que hubiera deseado. Siempre le pasaba lo mismo con el Negro.

Abordó el autobús que lo condujo de regreso a la glorieta del metro Insurgentes. Carmen y Antonio no estarían en casa. Se prepararía un par de sandwiches y pasaría la tarde leyendo o viendo tele.

Caminaba sobre Chapultepec cuando, de repente, dos tipos lo rodearon, encañonándolo. Lo obligaron a subir a un microbús Volkswagen. De un empellón lo tiraron al piso del auto. Lo esposaron y le vendaron los ojos. Todo en escasos segundos.

Le ordenaron que se fuera quieto, si no quería morirse; tenían acento mexicano. Un par de botas presionaban su espalda. Trató de imaginar la ruta que seguían, pero ésa no era su ciudad y pronto se sintió perdido.

Los tipos apenas intercambiaban palabra. De vez en cuando, uno de ellos le decía:

—Te llevó la chingada, muñeco…

Después de lo que calculó como una media hora llegaron a su destino: uno de los tipos bajó del auto y en seguida entraron a lo que debía ser una cochera.

Esperaba lo peor. Pensó que de un momento a otro no podría contener su orina.

Lo sacaron de un empujón. Penetraron a lo que percibió como una habitación chica, oscura, poco ventilada. Casi le descoyuntan los hombros al sentarlo en la silla.

Le advirtieron que por nada del mundo se moviera. Oyó cuando cerraban la puerta.

Le parecía tragicómico: en ocho años de militancia revolucionaria jamás lo habían capturado y ahora, cuando ya se creía fuera de peligro, le pasaba esto.

Empezaban a arderle las muñecas.

8

Le pareció que eran tres los tipos que entraron.

—¡De pie! —ordenó uno.

Le registraron los bolsillos. Escuchó caer sobre una mesa sus pertenencias: dinero, llaves, su pasaporte, una fotocopia de la carta de ACNUR, el paquete de repuestos para su máquina de afeitar.

—Siéntate —le indicó otro, imperioso, aunque menos agresivo. Sin duda era el jefe.

Se imaginó que revisaban sus documentos.

—¿Este pasaporte es tuyo? —preguntó.

Respondió que sí.

—Se dice «Sí, señor» —arreció la otra voz, amenazante.

—Sí, señor —masculló Juan Carlos.

El que sonaba como jefe le advirtió que si colaboraba no tendría problemas; en caso contrario lo entregarían a las autoridades salvadoreñas.

—¿Tu nombre?

—Mario Antonio Ortiz.

Pensó que por suerte viajaba con su pasaporte legal.

—¿Fecha de nacimiento?

—Primero de septiembre de 1953.

—¿Seudónimo?

Guardó silencio. Supuso que además de la grabadora, uno de los tipos tomaba notas.

—¿Quién es Juan Carlos?

—No sé, señor.

—No te hagas el pendejo, que no te conviene.

Si ya lo tenían cuadriculado, más le valía hacerles creer que colaboraba. Tendría que salir de ahí por su cuenta. Nadie lo ayudaría.

Afirmó que él había sido Juan Carlos, era su seudónimo en el Partido, pero desde principios de noviembre estaba fuera de todo.

—¿Por qué desertaste? —lo provocó.

Repitió su queja de que ya no le tenían confianza, demasiadas pugnas internas.

¿Qué había venido a hacer a México?

Iba de paso, hacia Canadá, para eso había sacado su acreditación como refugiado. Ya no quería saber nada de la guerra.

¿Y qué chingados haría en Canadá?

Es que gracias al programa de refugiados le pagaban el boleto, le conseguían alojamiento y le daban ayuda económica mientras aprendía el idioma y encontraba trabajo.

Lo interrogó sobre las responsabilidades que había desempeñado antes de salir del Partido.

Juan Carlos pensó tirarse el rollo de la solidaridad, pero si ellos contaban con información de inteligencia —era lo más probable— se metería en aprietos.

Confesó que había trabajado para la comisión de finanzas del Partido, encargado de elaborar proyectos de financiamiento para la población de las zonas bajo control revolucionario.

Se sorprendió de la facilidad con que hablaba. Años atrás se consideraba preparado incluso para resistir las peores torturas antes de soltar una palabra.

¿Quiénes daban ese dinero?

Mencionó algunos organismos europeos.

¿Y en México?

—Aquí no hay dinero para eso.

¿Cuál era la situación económica del Partido?

El tipo preguntaba con rapidez, sin darle respiro.

Juan Carlos no había tenido acceso a las cuentas.

¿Dónde estaban esas cuentas?

Tampoco sabía.

—¿Tan pendejos nos crees?

Bueno, él había oído sobre una en Panamá.

¿En qué banco?

Ni idea. Su labor había consistido en preparar los proyectos, no en traer el dinero. La compartimentación era estricta.

—¿Quién era tu jefe?

Estaba en realidad colaborando, pensó. Ese hombre era una prolongación del enemigo.

Repitió la pregunta en tono amenazante.

—Javier —dijo.

Lo interrogó sobre la estructura de la comisión de finanzas, sobre las redes del Partido en México.

Juan Carlos explicó que en los últimos meses se habían registrado muchos cambios. La situación interna del Partido era de total inestabilidad.

Pero el jefe quería nombres. ¿Entendía?

Mencionó los seudónimos de los compañeros que más detestaba. Así se convertía uno en canalla, se dijo.

—¿Cuántos y quiénes son los comandos que han enviado a operar en México?

Juan Carlos se hizo el que no entendía.

Lo previno que no se pasara de listo, sus mismos ex compañeros lo habían delatado, más le valía cooperar.

En verdad, él no sabía sobre eso. Los comandos de finanzas eran una estructura totalmente secreta, inaccesible. Además, en el Partido se consideraba a México como un país amigo, donde jamás se realizarían robos, secuestros.

Y el grupo que se había escindido del Partido, ¿qué sabía sobre eso?

Juan Carlos insistió en que no había tenido ningún contacto con ellos.

Lo interrogó sobre Carmen, Antonio, el Turco, el Negro, Gabriel; hasta Rita estaba en la lista.

No había nada que esconder acerca de esas personas. Tenían una vida pública normal.

¿Y los viajes del Negro? Que detallara.

Con lo que él sabía, ¿en qué podría perjudicarlo? La agencia de prensa era una estructura abierta, legal, acreditada ante las autoridades mexicanas.

Se hizo un silencio.

Consultaban entre ellos, cuchicheando.

—¿Dónde compran las armas acá? —le preguntó el otro.

—Nunca he tenido nada que ver con el área de logística —dijo Juan Carlos.

—Te voy a hacer cantar, muñeco —lo amenazó.

Creyó que vendría la primera trompada.

Pero, en vez de eso, percibió que se disponían a salir.

Que no fuera a intentar ninguna gracia, que al ratito regresaban a enseñarle a decir la pura verdad, le advirtió el tipo más duro antes de cerrar la puerta.

Tuvo la impresión de que alguien se quedaba en la habitación, vigilándolo.

Le volvieron unas incontenibles ganas de orinar. Iba a ponerse de pie, a fin de llamar la atención de la persona que lo espiaba, para que le permitiera ir al baño, cuando se abrió intempestivamente la puerta.

—Te acabaste, muñeco —masculló el tipo, mientras lo sujetaba del brazo.

Lo condujeron fuera de la habitación y de pronto se vio nuevamente tirado en el piso del auto.

Con celeridad estuvieron en marcha.

No quería creer que lo fueran a matar. Se imaginó que lo llevaban a la cárcel migratoria para luego deportarlo.

Lo pasearon un rato.

De repente sintió que le quitaban las esposas.

El tipo le dijo que esta vez había tenido suerte, pero que en la próxima no se salvaría. Así que mejor olvidara lo que le acababa de pasar y desapareciera lo antes posible.

El auto se detuvo.

Le ordenó con un puntapié que se quitara la venda; aún estaba en el piso, boca abajo.

—¿Te queda claro, muñeco? No queremos volver a verte y ni una palabra, ¿eh?

Lo sacaron de un empellón.

Empezó a caminar en sentido contrario al del microbús.

Antes de partir le habían aventado su pasaporte. Desconocía esa zona. Al primer peatón le preguntó si estaba cerca de una línea del metro. A unas ocho cuadras de la estación Chabacano, le indicó.

Se escudó tras un coche para orinar.

Tendría que esperar a que llegaran Carmen y Antonio para poder entrar al apartamento. Les diría que había perdido las llaves; él pagaría el cambio de cerradura.

Suerte perra. Ni una palabra.

Se presentaría a primera hora del lunes a la embajada canadiense. Ojalá su caso lo resolvieran rápidamente.

A la entrada del metro, le rogó a una señora que le regalara un boleto.

SEGUNDA PARTE

1

El lunes 16 de enero de 1984 es una fecha memorable en la vida de Quique López: su deseo de retornar a combatir en las filas de la guerrilla salvadoreña se ve por fin realizado. Esa mañana, a tempranas horas, el responsable del Partido en México, Arturo, le comunica que su regreso ha sido aprobado y que a más tardar en una semana estará partiendo. Lo antes posible, ese mismo día, deberá presentarse a la embajada salvadoreña, con el objeto de sacar su pasaporte. «Vas con tu cédula de identidad personal, con estos treinta y cinco dólares, y les decís que tu pasaporte anterior lo perdiste en un bus», le explica el responsable. También le advierte que por nada del mundo vaya a comentar con nadie sobre su viaje y que al día siguiente pasará por el pasaporte y a darle nuevas orientaciones.

Si la alegría tuviera rostro éste sería el de Quique. Tiene casi dos años de estar esperando esta noticia, desde que se reconectó y entró a trabajar a la agencia de prensa del Partido. Hoy, después de tantas promesas, sabe que es seguro. No duda, ni le cuesta creerlo; al contrario, de inmediato comprende que ya nada lo detendrá en su camino: se convertirá en lo que siempre quiso.

Tiene veintiún años y ahora se desempeña como el teletipista de la agencia. Algo que, en verdad, nunca hubiera imaginado. Por eso no puede ausentarse así porque así. Le tiene que informar al Negro, el director de la agencia, para que alguien lo sustituya en las transmisiones. Pero Arturo le dice que no se preocupe, el Negro ya está enterado y habrá tomado medidas al respecto.

Son las ocho de la mañana. Nadie ha llegado aún a la oficina, aparte de Arturo. Quique porque vive ahí, desde hace unos tres meses, por instrucciones del Partido, jamás debe quedar solo el local. Hay un *sleeping bag* que cabe perfectamente entre los escritorios del cuarto de redacción, aunque él prefiere, a veces, quedarse abajo de los teletipos.

Ya está duchado, catrincito; acababa de peinarse cuando Arturo tocó la puerta. Piensa en que a partir de hoy la vida se hizo de otra manera. ¿Y si en la embajada se la quieren hacer de pedo? El responsable le dice que no se preocupe, a ésos lo que les interesa son los dólares.

Tiene que salir de inmediato a comprar dos ejemplares de cada uno de los periódicos del día. En unos minutos llegarán los demás compas y a él le gusta leer por lo menos un diario entero antes de que los conviertan en recortes.

Sale a una calle en la que sopla un frío de mierda. La oficina está ubicada frente al edificio del periódico *El Día*, sobre Insurgentes, entre Antonio Caso y Sullivan. Compra los ejemplares en el quiosco de la esquina de la tortería; el que lo maneja es un marica simpático y feo que ya le tiene preparado el paquete de diarios. No se lo cogería por nada del mundo.

—La embajada la abren a las nueve —le indica Arturo—, y mejor que seás de los primeros porque ese pasaporte tiene que estar listo mañana —después un licenciado le conseguirá el permiso de salida en Gobernación—. ¿Cuánto tiempo has estado ilegal? —le pregunta.

—Desde la primera vez que vine —responde Quique.

Busca sus documentos en el maletín que guarda en el closet del cuarto de redacción. En febrero cumplirá tres años de haber salido de El Salvador.

Nunca en su vida ha tenido un pasaporte, pero la embajada ya la conoce por fuera. Una vez acompañó a un compa a hacer una gestión. Entonces Quique se quedó esperando en la esquina, como seguridad. Sabe que está detrás del hotel Presidente Chapultepec. En esta ocasión también preferiría que alguien lo acompañara, por si hay bronca. Pero tiene que irse en el acto.

No es de los tipos a los que les gusta hacerse ilusiones. Y, sin embargo, desde que camina hacia la parada de buses se imagina como guerrillero, con su uniforme de fatiga y un fusil M-16 que le quitará al primer soldadito que se le enfrente en combate. Tiene huevos, experiencias y con todo lo que ha leído y aprendido rapidito se va a hacer respetar. Hasta a jefe de escuadra puede llegar de nuevo, quién quita.

Ahora que lo piensa, Arturo no le dijo por cuál ruta ingresará a El Salvador. Ojalá fuera por el lado de Guatemala, así le da chance de pasar cerca de su pueblo. ¿Y si lo mandan por avión? Ni modo. La llegada sería peligrosa, pero le gustaría conocer uno de esos aparatos por dentro.

El bus va repleto. Le gusta esa ruta porque siempre viajan un montón de mamaítas que trabajan en las oficinas a lo largo de Reforma. ¿Cómo no se le había ocurrido? De un solo aprovechará para ir a cobrar su ayuda correspondiente a enero a la oficina de refugiados; queda en la misma dirección. Se comprará un par de buenas botas, es lo primero. De pronto descubre que junto a la puerta de salida van dos tipos que no pueden con su jeta de ladrones. Que no se la vayan a llevar de vivos con él. Se alista la navaja en el bolsillo de la chamarra.

El trámite en la embajada es sencillo; no le hacen muchas preguntas. Lo atienden una vieja empurrada y un pelón que aparece a cada rato. Eso sí, hay un policía cerca de la entrada al que con placer despanzurraría. Lo quiere hacer sentir a uno como animal. Si supiera que dentro de unas semanas Quique estará rematando a especímenes semejantes.

Tiene que conseguir una navaja igualita a la del Negro, recuerda. De esas con tijera, lima, tirabuzón, abrelatas y otros instrumentos incluidos. Cómo le servirá en la montaña. Pero ha buscado y en ningún lugar las venden. Lo acaba de decidir: se la va a bajar al Negro. Éste tiene plata y viaja un montón; puede comprarse otra.

Espera que lo metan de una vez al monte. Si le toca quedarse mucho rato en la ciudad se verá en apuros; ahí no tiene experiencia operativa. Aunque tampoco se va a rajar: ya puesto en el terreno los compas verán sus cualidades.

En la oficina de refugiados le dicen que su cheque estará listo hasta el miércoles. Mejor se apura a regresar a la agencia. Tiene que hablar con el Negro, para decidir quién lo sustituirá en los teletipos: no se le ocurre nadie más que Milo, a menos que traigan un compa de otra área. Cómo quisiera que el tiempo se fuera más rápido.

Habrá que decidir cuál ropa se llevará e ir pronto a la lavandería. Ni sueñen que va a dejar su chamarra color vino, esa tipo comando, como de oso. Le dirán que con esa prenda lo matarán a las primeras de cambio, que atraerá a los francotiradores como mierda a las moscas; pero hará hasta el último esfuerzo por llevársela. En la noche le servirá para el frío y, en todo caso, allá se la puede regalar a alguien de la población civil o a una compa.

Cuando llega a la esquina de Insurgentes y Sullivan, frente al night club Afro Tramonto, se promete que con el dinero que le sobre luego de comprar las botas, invitará al Milo a que se echen un par de tragos en ese lugar. Desde que comenzó a trabajar en la agencia pasa varias veces al día frente al Afro. En su vida ha entrado a un antro semejante y sería pura mierda irse con las ganas de conocerlo.

Ya para cogerse a uno de esos culos sabe que no le alcanzaría. A la que sí se quisiera coger antes de partir es a la compañerita que trabaja en la agencia de prensa de los guatemaltecos: se llama Amanda y tiene unas tetas como para terminar de criarse. La vez pasada la invitó a que fueran a un acto de solidaridad con Nicaragua: ella le dijo que ese día tenía reunión, pero que la próxima.

Esta tarde habrá junta semanal de la mesa de redacción, recuerda antes de entrar a la oficina. A ver qué rollo se tiran el Negro y Fausto, son los que más hablan. A él, a Quique, no le gusta opinar, a menos que esté bien seguro, sino que prefiere preguntar para que le quede claro el análisis.

Al solo entrar el Negro le dice que si se reúnen un ratito. Ya Arturo se ha ido. Va a los teletipos a leer los últimos despachos informativos: un par de acciones de sabotaje y otras de hostigamiento, nada considerable. Arranca la tira de papel y la lleva al escritorio de Fausto; el jefe de redacción.

Aprovecha a pasar frente al espejo del baño para comprobar si no se ha despeinado. El Negro le dice que ahorita.

2

A Quique López en la oficina los compañeros lo llaman cariñosamente Kioci. Cuando un visitante curioso pregunta el porqué del sobrenombre, le explican que se trata de una palabra japonesa. Si el visitante continúa inquiriendo le descubren que en realidad es una abreviación. La dicen así para no tener que decirle «¡Qué hocicote!». A Quique, por supuesto, no le gusta que se burlen de él, pero tampoco sufre complejos por su boca un tanto pronunciada. La verdad es que todos en la agencia le profesan un cierto respeto porque es el único del grupo que ha tenido experiencia militar, que se ha agarrado a putazos en el monte con el ejército. Ésta es una de las razones, si no la principal, por la que el Partido le sugirió que se trasladara a vivir al local de la agencia: existían temores fundados de que una fracción escindida luego del congreso partidario intentara una acción contra ese centro informativo.

Los inicios de la militancia política de Quique datan de mediados de 1979, cuando la situación en El Salvador estaba al rojo vivo por el empuje del movimiento revolucionario de masas, el cual virtualmente se tomaba la capital cada vez que quería. En ese momento, Quique tenía diecisiete años y aún vivía en casa de su madre, en su pueblo natal, San Juan Opico, donde trabajaba como ayudante de mostrador en una pequeña tienda de abarrotes propiedad de su tío. Había estudiado hasta sexto grado de primaria y después de eso supo que la escuela no estaba hecha para él. Su madre poco insistió para que siguiera estudiando: era mucho más rentable que laborara en la tienda. Ella, entretanto, tenía un puesto de verduras en el mercado local.

Para Quique —un muchacho de padre desconocido y sin hermanos— lo más cercano en el mundo, después de su madre, eran sus dos primos: Renato y Lucrecio. El primero, tres años mayor que Quique, ya había salido de su servicio militar y trabajaba en la comandancia local; el segundo, de la misma edad de Quique, era más díscolo y tenía una novia de ideas comunistas.

Quique se llevaba mejor con Renato, a quien visitaba a menudo en la comandancia, donde éste lo instruía en el uso de armas y se perdían en pláticas sobre las correrías de la vida castrense: desde chico, Quique había mostrado especial entusiasmo por las armas, por lo que su relación con Renato era de lo más natural. Pero Quique también tenía una estrecha amistad con Lucrecio, con quien además había sido compañero de aula en la escuela: siempre se ayudaban en situaciones difíciles y habían enfrentado en pareja los grandes retos de la adolescencia.

La noche en que se definió la vida de Quique, en el pueblo se celebraba un baile amenizado por una importante orquesta procedente de San Salvador. Pati, la novia de Lucrecio, era también pretendida por un sargento, quien, ya con las copas, se puso impertinente. Al final de la fiesta, Lucrecio y el sargento casi terminan a las trompadas. Si todo hubiese acabado ahí, no habría habido más problemas. Pero el sargento y un grupo de soldados, aprovechando la oscuridad y la embriaguez de sus rivales, emboscaron a Quique y a Lucrecio cuando éstos se dirigían a sus casas. Les propinaron una paliza memorable. Si eso le hubiera sucedido junto a Renato, el futuro de Quique habría sido distinto.

Días después, Lucrecio habló de la revolución, del Partido, de los objetivos de lucha, que a esos hijos de puta de los soldados había que volarles plomo, le dijo que lo contactaría con los compañeros, por supuesto que no hablara nada de esto con Renato ni con nadie, todo con el máximo secreto. En su primera reunión, Quique se dio cuenta de que a los compas les gustaba discutir sobre cosas que él poco entendía, por eso les dijo que podía conseguir una pistola —se la pediría prestada a Renato o se apropiaría de la de su tío— y que a él lo que le interesaba era quebrarle el culo a uno de esos cabrones.

Y tuvo suerte: desde entonces se le destacó para que formara parte de un grupo miliciano.

Su primera acción consistió precisamente en recuperar la pistola de Renato. Pensaron en varias alternativas: incursionar en la comandancia, quitársela mientras dormía, asaltarlo. Quique dijo que esto último era lo mejor, pero tenía que suceder después de que él y su primo se emborracharan, para que éste no pudiera reaccionar y pareciera más real, como si los compas fueran maleantes. En su siguiente operación tuvo por primera vez a la muerte de su lado: se trataba del ajusticiamiento de un esbirro. A él le tocó nada más desplegar la bandera del Partido sobre el cuerpo inerte; sintió satisfacción por la limpieza con que operaron, aunque le hubiera gustado dejar ir un cuetazo.

Cuando le comunicaron que en el próximo ajusticiamiento él sería el encargado de apretar el gatillo, Quique supo que había llegado su hora. Preguntó quién sería el afortunado, pero le explicaron que hasta momentos antes de la acción no lo sabría. Pasó dos días ansioso, hasta soñó cuando le pegaba un tiro al sargento. Para su suerte, la víctima era uno de los soldados que lo habían golpeado. Lo sorprendieron el domingo, mientras se aprestaba a regresar al cuartel. Cuando entraron intempestivamente a la casa y Quique lo encañonó, el tipo salió en carrera. Aquél disparó en dos ocasiones, pero el soldado se escabullía por el patio. En la persecución a Quique no le importó que se le zafara el pañuelo que lo embozaba.

Al tercer disparo el tipo cayó de boca sobre un gallinero; en la nuca le puso el remate.

Pero el ajusticiamiento que más recordaba, aquel que le había producido algunos segundos de duda, fue el de un zapatero, un delator por culpa de quien habían asesinado a un compañero del grupo miliciano. Cuando penetraron en su casa, el hombre trató de escudarse en sus dos pequeños hijos y en su mujer, luego se arrodilló suplicando que no lo mataran, mientras la esposa y los niños lloraban. Le pegó dos tiros: uno en la frente y otro en el pecho. A los pocos días lo ascendieron a segundo responsable del grupo.

Para Quique resultó mucho más difícil la tarea que le plantearon a finales de octubre de 1979, en seguida del golpe de Estado que derrocó al gobierno del general Humberto Romero, cuando la movilización popular y la represión generalizada habían convertido San Salvador en un sangriento campo de batalla.

Es que Quique había visitado en pocas ocasiones la ciudad capital, la mayoría de las veces acompañado de su madre o de algún familiar o amigo, a hacer un mandado preciso; le costaba ubicarse y siempre tuvo miedo de perderse. Por eso cuando le informaron que tendría que trasladarse a San Salvador con parte del grupo, a fin de servir como seguridad a una gigantesca movilización de masas, Quique se dijo que de ésa no saldría bien parado, pero tampoco podía rajarse. Efectivamente, al verse en la ciudad, emparedado de edificios, entre calles desconocidas, bajo la metralla certera de francotiradores y guardias, Quique sólo supo correr y disparar, desesperado, correr y disparar, como rata entrampada, hasta que el instinto lo sacó del cerco y logró regresar al pueblo, solo, angustiado por la suerte de sus demás compañeros, por el fracaso de su actividad. Entonces comprendió para siempre que él era un animal de monte, que de una guerra entre edificios no saldría vivo.

Hasta mediados de 1980, Quique continuó llevando su existencia normal: vivía con su madre, trabajaba en la tienda de su tío y una vez por semana, bajo el clandestinaje de la noche, realizaba sus operativos milicianos. Los compañeros, incluso, le pidieron que no cortara su relación con Renato, que lo visitara en la comandancia y tratara de obtener información, pues estaban seguros de que desde ahí funcionaban los escuadrones de la muerte. Sin embargo, la situación ya no era la de antes: primero Renato lo invitó a participar en acciones contra los comunistas y cuando Quique se negó, éste se hizo sospechoso para los de la comandancia; luego Lucrecio fue asesinado en las cercanías del pueblo, mientras trasladaba un archivo del Partido, el cual supuestamente contenía datos sobre toda la red de militantes en ese lugar.

Entonces llegó la orientación de que el grupo de Quique se movilizara hacia una zona montañosa cercana, donde el Partido se proponía organizar un núcleo de su ejército guerrillero: en San Juan Opico estaba ubicado un importante cuartel, sede de la Primera Brigada de Artillería, por lo que los compañeros buscaban crear una base de operaciones en sus cercanías. Quique recibió la noticia de su traslado con entusiasmo: trató de explicarle la situación a su madre y partió de inmediato. Pasó casi un mes en un curso de entrenamiento militar y de educación política. Luego vino la guerra de verdad.

Para la ofensiva general lanzada por las fuerzas revolucionarias el 10 de enero de 1981, Quique ya era un sagaz jefe de escuadra; destacaba como cuadro por su disciplina, su combatividad, su capacidad de conducción y su camaradería. No obstante, hasta esa fecha, las fuerzas militares de la revolución en ese sector —unos 120 hombres mal armados— no habían sostenido combates de gran envergadura con el enemigo. Por eso, cuando la ofensiva rebelde languidecía y las tropas gubernamentales se lanzaron en una feroz contraofensiva, el grupo de Quique no resistió el embate y recibió la orientación de trasladarse a como diera lugar hacia el norte del país, donde los revolucionarios contaban con una retaguardia más estable. En la estampida, la escuadra de Quique fue cercada por el enemigo y perdió contacto con el resto de los compañeros. Entonces se dividieron en parejas para intentar romper el cerco. Quique y su acompañante caminaron casi tres días, con los soldados en los talones, hasta que lograron llegar a un sitio más o menos seguro, en las afueras de Armenia. Pero cuando trataban de acercarse a un rancho para conseguir algo de comer, chocaron con una patrulla paramilitar: el compañero de Quique cayó agujereado en el enfrentamiento, mientras éste se internaba nuevamente en el monte con los paramilitares a su espalda.

Quique no era de los tipos que se imaginan el poder desde las alturas. Cuando se dio la orden de iniciar la ofensiva del 10 de enero, y los jefes les aseguraron que se trataba de la embestida final para derrotar a la genocida junta de gobierno y que luego a construir el socialismo, lo más alto que Quique pudo fantasear fue convertirse en el jefe de la comandancia local –ahora sería revolucionaria– de su pueblo: tenía claramente definida la lista de los tipos a los que ajusticiaría, comenzando por los asesinos de Lucrecio y por ciertos viejos enemigos de la escuela. Ahora que se encontraba de huida y que el sueño del triunfo revolucionario se había transformado en una pesadilla, Quique concentró sus energías en sobrevivir, sin más pensamientos que los necesarios para detectar los pasos de sus perseguidores.

Logró acercarse al pueblo, aprovechar la noche para llegar a casa, decirle a su madre que el diablo lo venía siguiendo y pedirle que lo ayudara, que tenía que irse lo antes posible o la muerte lo alcanzaría. ¿Huir hacia dónde? Ella se encargó de tejer la red de comadres y amigos, y de entregarle los ahorritos, que le permitieron salir del país. Sin que él supiera de la suerte que habían corrido sus otros compañeros ni intentara reconectarse: el terror y la prisa eran demasiados.

3

A este Negro cerote me gustaría verlo a la hora de los talegazos, piensa Quique. Aunque lo aprecia. No ha adquirido ese prejuicio generalizado hacia lo burgués: mientras le pueda sacar algo y lo ayude, el Negro es un buen compa. Acuerdan que Emilio será su sustituto en los teletipos; hoy mismo ya grabó la cinta con el primer despacho de cables del día, mientras Quique andaba en la embajada. Revisan las tareas pendientes de éste, la forma de darles salida, el estado actual del archivo de cables. El Negro le pide que redacte una guía de sus funciones, con todas las explicaciones posibles, para facilitar las cosas a Emilio.

Y no comentes nada sobre el viaje, le repite el Negro, en momentos en que Fausto llega a decirle que ahí está ya el periodista argentino con el que tiene cita. El viernes podemos hacer una despedida en mi casa, te confirmaré más tarde, agrega el Negro antes de dar por terminada la reunión.

Todo lo del viaje lo tratará con Arturo, queda claro.

Lee la copia de los cables grabados por Emilio. Según Quique sólo tiene dos errores, aunque habrá que esperar la opinión de Fausto.

Hubo una buena emboscada en San Vicente: los primeros reportes se refieren a veinte bajas en las filas gubernamentales; las radios rebeldes darán posteriormente más datos.

Ninguna de las otras notas contiene nada importante.

En cuanto termine de enviar el despacho se comunicará con Elsa, la teletipista de la oficina en Managua. Nunca la ha visto, pero se han hecho amigos a través de las máquinas. Los compas que la conocen le han dicho que es guapa, aunque tiene apenas dieciséis años. Antes se tiraban grandes platicadas por el teletipo en las noches, hasta que el responsable de allá se dio cuenta y los paró en seco. Pero ¿qué le dirá? Si lo detectan que habla con ella sobre su próximo viaje, capaz que no lo mandan de regreso. Claro que le podría contar que a partir de la próxima semana Emilio estará en su lugar: al fin es un asunto de trabajo. Decide mejor esperar a que su pasaporte y todo esté listo. Vaya a ser el tuerce.

El Negro llega y le pide que le consiga una copia del comunicado del Partido del 9 de diciembre, en el que se acusa al comandante Marcial de haber mandado a asesinar a la comandante Ana María. También quiere copias de todos los cables que haya al respecto. Son para el argentino.

Qué jodedera se traen con eso, piensa Quique. La cagaron los dos y ya. Al viejito porque se le pelaron los cables; pero sobre todo Ana María, qué debilidad, no percatarse de que estaban tramando su asesinato en sus narices. Pero a él no le gusta pensar sobre eso porque uno puede terminar aculerándose.

Marca el número de teléfono de la agencia de prensa de Guatemala.

Le dicen que Amanda no está, regresará en una hora, si gusta dejar recado. Llamará después.

Quiere invitarla al cine. Está seguro de que podrá amasársela. Se excita al imaginarse mamando esas tetas. A ella sí le dirá, sin mayores detalles, que pronto regresará a combatir a su tierra, por supuesto, bajo un estricto juramento de silencio.

Es hora de enviar el despacho a Notimex. Pinches télex de esa agencia, siempre están ocupados.

Emilio entra, no puede ocultar su entusiasmo (pasará de *office boy* a teletipista). Hace un guiño de complicidad a Quique.

Se conocen desde chicos; proceden del mismo pueblo. Pero Emilio es más chavo (tres años menor que Quique) y no alcanzó a meterse en la tronazón; huyó porque su hermano mayor, Lito, peleó junto a Quique en el monte.

—¿Cómo quedó lo que grabé ahorita? —pregunta Emilio.

Únicamente encontró dos errores. A ver qué dice Fausto.

Le comienza a explicar cómo está ordenado el archivo de cables: otra de las tareas que Emilio asumirá.

Para Quique no hay peor trabajo que ponerse a escribir algo propio, le cuesta un mundo. Por eso cuando el Negro le dijo que redactara una guía de sus funciones, él sintió una especie de desasosiego. No es para ayudar a Emilio —a éste él le ha ido enseñando el trabajo poco a poco—, es para anexarla al informe que el Negro tiene que presentar al Partido sobre el desempeño de Quique en sus tareas técnicas en la agencia.

En eso entra Fausto.

Quique aprovecha para ir a la cocina por un café. Se encuentra a Ana, la reportera estrella, la que se encarga de preparar el café, supercargado, como a ella le encanta, porque si no es la histeria. Tiene unas hermosas piernas. Pero Ana está más allá de las aspiraciones de Quique; algunas veces se ha masturbado imaginándosela, es todo.

Ella le pregunta, con un guiño:

—¿Habías salido?

Entonces Quique comprende que todos en la oficina ya están al tanto de la noticia de su inminente partida. Casi imposible guardar secretos en ese ambiente. Y el Negro es el peor, más periodista y chismoso que cualquiera.

Fausto encontró otros tres errores en la copia de los cables grabados por Emilio; están subrayados con rojo. No es mucho.

Quique le pregunta a Fausto qué chingados anda haciendo ese argentino. No lo sabe, ¿por qué? El Negro acaba de pedirle todos los comunicados sobre lo de Marcial, explica Quique. Le dirá que pase hasta mañana, pues nada más tiene las cintas grabadas y ahorita las máquinas están ocupadas como para ponerse a sacar copias.

Se termina de un trago el café, pero le sigue un ardor en la boca del estómago. Es que no desayunó por ir a la embajada. Y ya son pasadas las doce. Piensa en aguantarse un par de horas hasta que llegue su turno para salir a comer. Entonces recuerda la reunión de mesa de redacción a las dos y media. Huevos. Si no sale en este momento, se quedará hambreando hasta entrada la tarde.

Le pregunta a Emilio si no tiene nada que hacer, para que permanezca cuidando las máquinas. No se tardará. Irá a la esquina a tragarse un par de tortas y regresará. ¿Okay?

Entra a la oficina del Negro y le dice que va en una carrera a comer, Emilio se hará cargo, que si los comunicados se los puede entregar mañana o después de las cinco. El argentino asegura que no hay problema; él pasará más tarde.

Clima de mierda: ahora hace calor. Cruza Insurgentes a la carrera. En la tortería pide una de pierna, otra de jamón con queso, tres tacos de canastas y una horchata. Mejor se harta bien porque en el frente de guerra lo puede llevar candangas. Aunque los compas dicen que ya no está tan jodido el abasto: el enemigo se ha tenido que retirar de muchos pueblos y uno puede llegar a comprar.

Recuerda que en su reunión de Partido del próximo jueves deberá presentar un análisis de la situación militar en El Salvador durante el último mes. Tendrá que tomar apuntes en la mesa de redacción de hoy, si no después no hallará qué decir. De todas formas, le pedirá ayuda a Fausto: éste es bueno para la paja. Porque, la verdad, no puede quedar mal en esa reunión. Hace tiempo llegó a la conclusión que él jamás será un político, pero sí entiende lo militar y está cabrón que ni siquiera pueda exponer un análisis sobre eso.

Él está seguro, sin embargo, de que una cosa es echarse el rollo sobre la situación de la guerra, como hacen Fausto y el

Negro, y otra poder conducir a una media docena de hombres en medio de los cachimbazos. Lo principal es esto, sin duda.

Al salir de la tortería aprovecha que el teléfono de la esquina está libre. Amanda le dice que toda la semana la tiene ocupada, un montón de trabajo atrasado, que se vean el viernes. Ni modo. Él la llamará ese día.

Le debería regalar algo, piensa. Eso: un casete de Silvio Rodríguez. A propósito: ¿podrá llevarse sus casetes? Mañana le pedirá a Arturo que le dé más detalles sobre el viaje, vaya a ser que después no le quede tiempo para arreglar nada.

Cuando entra a la oficina, el argentino ya se ha marchado, el Negro está reunido con Emilio y la chicharra del teletipo empieza a sonar como desesperada.

4

Quique salió de su país en una forma que ya se perfilaba como la ruta de un éxodo permanente. Corría la segunda semana de febrero de 1981. Con el dinero que le dio su madre viajó a la ciudad de Santa Ana y de ahí tomó otro bus que lo llevó a la frontera. Cruzó migración con su cédula de identidad y en la aduana apenas enseñó un maletín y una bolsa de papel de estraza con sus pertenencias. Nunca en su vida había salido del país. Guatemala significaba la posibilidad de sobrevivir, pero también un horizonte profundamente oscuro en el que sólo se distinguía una remota dirección en una más remota ciudad de México.

Desde que llegó a la frontera del lado guatemalteco, Quique se acercó a dos tipos a los que se les notaba, al igual que a él, que por primera vez el destino los pateaba de esa manera. Eran hermanos, venían de Jucuapa y también viajaban a México, aunque con la intención de luego dar el salto hacia Estados Unidos. Pronto se sintieron como si fueran viejos conocidos, pero de política apenas mencionaron vaguedades: lo difícil de la situación salvadoreña, ojalá acabe pronto, los enfrentamientos siguen en tales lugares, todo con la máxima prudencia.

Ni siquiera se detuvieron a conocer la ciudad de Guatemala. Preguntaron por la terminal de Occidente y se subieron al primer bus que los acercara a la frontera de México. Entonces fue cuando se encontraron con el tipo de las gafas oscuras: les dijo que él llevaba el mismo rumbo, que no se preocuparan, para algo eran compatriotas, él ya conocía el atajo para cruzar el río Suchiate e internarse en México –porque en esa frontera no bastaba la cédula de identidad, se necesitaba pasaporte, y ninguno de ellos tenía–, la vez anterior había logrado llegar hasta Estados Unidos, pero en una borrachera lo capturó la migra en Los Ángeles, lo desvalijaron, lo zamparon dos meses en la cárcel y después lo deportaron. Pero aquí iba de nuevo y esta vez no lo joderían tan fácilmente.

En un principio, los tres se mostraron reservados, desconfiados: había algo que no terminaba de convencerlos: el tipo hablaba demasiado. Pero a medida que se acercaban a la frontera se dieron cuenta de que por el momento no tenían otra alternativa que creerle. Quique recordó que su madre le había recomendado que no se fiara de nadie, sobre todo en México, donde cualquiera podía embaucarlo. Pensó que tendría que permanecer alerta todo el tiempo: si el tipo de las gafas quería pasarse de listo, él no dudaría en descoserle la panza.

Sus sospechas, sin embargo, resultaron infundadas. El tipo no sólo los condujo por el mejor lugar para cruzar el río, sino que ya en territorio mexicano les indicó la manera adecuada de movilizarse, a fin de evitar los retenes migratorios. Caminaban trechos sobre la línea del tren, salían a la carretera a tomar un bus interurbano, dormían a veces a la intemperie, hasta que llegaron a la ciudad de México, un lugar en el que Quique sólo contaba con la dirección del hijo mayor de su madrina, un tipo al que no recordaba, pero para quien traía una carta en la que se le pedía que lo ayudara: se llamaba Javier Anaya y vivía en Ciudad Netzahualcóyotl. Para Quique se trató de una verdadera proeza encontrarlo. Sus tres acompañantes decidieron no detenerse en la capital y seguir hacia el norte. Quique se vio de pronto solo, sin dinero, con las pocas orientaciones que le dio el tipo de las gafas para llegar hasta Javier. Si San Salvador le resultaba grande y extraña, la ciudad de México le produjo escalofríos: las multitudes, el metro, las calles enormes repletas de autos y buses. Pero la costumbre del peligro crea un poderoso instinto de sobrevivencia.

Javier lo recibió mejor de lo que hubiera imaginado. No sólo le permitió dormir en el sofá de la salita y le dio de comer sin respingo, sino que también le aseguró que una semana le conseguiría un empleo que le permitiría irla pasando. Y así fue: en el mismo sitio en que Javier laboraba como técnico, la construcción de una línea del metro, una chamba ideal porque, además, lo incorporaron a la cuadrilla de los guanacos. Javier le explicó que la secretaria y amante del ingeniero jefe de la obra era salvadoreña y que a través de ella se habían ido colocando compatriotas. El trabajo era duro (les tocaba entrar siempre en la vanguardia, donde iba creciendo el túnel, bajo el amago de los derrumbes), pero el sueldo no estaba mal. A los quince días rentó una habitación, cerca de donde Javier, y empezaba a sentirse como si siempre hubiese vivido en esa ciudad.

La cuadrilla, en realidad, constituía una especie de banda o cofradía. Los demás trabajadores los miraban con recelo: primero porque eran salvadoreños; luego porque no dudaban frente a los trabajos más peligrosos; y, finalmente, porque cuando bebían siempre terminaban a los trancazos (y lo que es peor: no amagaban). Quique jamás en su vida había tomado tanto alcohol, ni visitado prostíbulos, ni peleado en grupo de esa manera. Lumpenización le dicen los profesores universitarios; para Quique, sin embargo, se trataba más bien de un nuevo aprendizaje, de interiorizar las mañas de la ciudad, no porque él se lo propusiera, sino que no había alternativa.

Hasta que una noche en que les tocaba turno, todo terminó bajo una tienda de campaña en la boca del túnel, luego de haber trabajado y bebido a mares, sin que nadie recordara exactamente lo que había ocurrido, sólo el tumulto creado por dos chavos que habían llegado a provocarlos, y de repente hubo madrazos, navajas y uno de los chavos acabó boqueando a sus pies, mientras el otro huía a los gritos. La sangre despertó realmente a Quique. Entonces salió a la carrera del túnel, llegó a su cuarto, recogió sus pertenencias y pasó donde Javier, a contarle lo que recordaba, que no era mucho.

Después vinieron las capturas, los interrogatorios. Quique se mantuvo en que él no había participado. Le pegaron duro, lo hicieron llorar con las quemaduras de cigarrillos, casi se ahoga con el agua mineral con chile en las fosas nasales. Hasta que terminó en una cárcel migratoria, donde había gente de un montón de lugares, en espera de que la echaran del país. Se contaban las peores historias. Lo que más temía Quique era que lo regresaran a El Salvador junto a tipos que hubieran sido capturados por razones políticas. Pero un día, sin otra pregunta, sacaron a un grupo de salvadoreños y los metieron como chanchos a un camión. Ninguno de sus compañeros de cuadrilla venía en esa manada de deportados que fueron aventados a la frontera guatemalteca.

De tal manera, diez meses después de haber huido de El Salvador, Quique se encontró de nuevo a la deriva, con la sola certeza de haber sobrevivido. Pero ahora tenía más callo. La idea de retornar a El Salvador olía a muerte y permanecer en Guatemala tampoco era seguro, pues los combates entre el gobierno y la guerrilla de este país estaban en su apogeo. Por eso emprendió otra vez el camino hacia México. El cruce del río fronterizo, la manera de movilizarse hacia la capital, todo le era ya conocido. La única diferencia consistía en que el éxodo había crecido. Nunca lo hubiera imaginado. Por momentos, caminando sobre la línea del tren, iban grupos de más de treinta personas, la mayoría salvadoreños y los otros guatemaltecos.

Javier, la construcción del metro y esa zona de Ciudad Netzahualcóyotl estaban vedados para Quique. Con el máximo cuidado se acercó a preguntar por sus ex compañeros de cuadrilla. Sólo encontró a Miguel, quien le contó que los demás habían sido capturados y deportados, que él (Miguel) se había salvado de milagro, porque su hermana era amante de un policía judicial; lo alertó que más le valía andarse con tiento, porque el tipo al que habían puyado no había muerto, ya estaba recuperado y juraba vengarse. Miguel lo contactó con un compa salvadoreño que vivía del lado de Iztapalapa y que lo podría ayudar.

Así comenzó la nueva etapa de Quique en México, como ayudante de albañil, receloso, casi clandestino, tratando de evitar sobre todo a los grupos de salvadoreños que pudieran delatar su regreso, y con la idea cada vez más fija de que tenía que retornar a combatir a El Salvador, porque aquí en México no se miraba claro a quién apostarle en caso hubiera una revolución, y en algún lado tenía que desquitarse la verguiada que le habían metido en la cárcel, aparte de que según las noticias y los chismes los compas tenían de culo al ejército y estaba muy cabrón quedarse de por vida repellando paredes cuando uno había nacido para otra cosa.

5

Ha terminado la junta de la mesa de redacción y Quique tiene que grabar una cinta con el análisis y los ejes de ataque de la semana para enviarlos a las corresponsalías.

Ya son pasadas las seis de la tarde. Únicamente Chabelo, el encargado del Centro de Documentación, lo acompaña en la oficina.

Quique preferiría estar solo. Así se comunicaría a sus anchas con Elsa. Ahora graba la cinta; se pondrá en contacto con ella más tarde.

Le pregunta a Chabelo si se quedará mucho rato. Éste responde que sí. Entonces Quique le dice que va a salir una media hora a tomar algo, que si suena el teletipo atienda, no se tardará.

Es como una necesidad, más bien, una manera de celebrar. Sólo dos veces ha entrado a La Castellana, cuando el Negro y Fausto lo invitaron, porque los precios de esa cantina le parecen abusivos. Pero ahora ha decidido tomarse un trago para celebrar, aunque sea sin compañía: Emilio salió a repartir el boletín informativo semanal, los demás ya se largaron y tampoco puede andar anunciando la razón de su contento.

No le da remordimiento gastar la plata (aunque con el estipendio que le da el Partido, apenitas se come). El miércoles tendrá el cheque de la oficina de refugiados y la siguiente semana estará en camino.

Para ser lunes, la cantina no está tan vacía. Prefiere irse a la barra: su peinado se refleja impecable en el gran espejo rectangular. Pide un tequila. Le sirven de botana un caldo de camarón. Pica como la gran puta y –lo imperdonable– tiene cebolla.

Es lo peor que le puede suceder. Antes pasa hambre que comer cebolla. Qué asco.

El tequila lo calienta. Será un chingón, no hay duda. Se imagina que en unos meses hasta puede salir en una de esas películas sobre la revolución que filman en los frentes de guerra. Amanda la vería, claro.

El cantinero le pregunta si se toma el otro.

Pues sí. Se atora también dos tacos de moronga.

Lo que más valió la pena en la reunión de la tarde, piensa, fue el informe que dio el Negro sobre el ataque al cuartel de El Paraíso. Quique permaneció fascinado –ya no puso atención al análisis de la situación política y diplomática de la región–, con la imagen de esos batallones rebeldes arrasando las defensas gubernamentales. Pronto, se repite, formará parte de esa tropa.

Se siente radiante, expansivo. Pero mejor se apresura a regresar vaya a ser que a Chabelo se le ocurra irse y deje la oficina sola. De nuevo hace frío.

En el ascensor se encuentra con la secretaria de la oficina de enfrente. Se saludan. Ella le sonríe; está riquísima. Pero suben los tres pisos en silencio: mucha hembra para él; no se atreve a decir nada.

Aún está Chabelo. Dice que llamaron de Managua y pidieron el análisis y los ejes de ataque de la mesa de redacción.

Quique se apresura a poner la cinta en el teletipo y suena la chicharra.

–Aquí Quique. Les van los ejes. ¿Alguien ahí?

Nadie responde.

Presiona de nuevo la chicharra.

—Adelante.

Echa a andar la cinta y empieza el traqueteo de la máquina.

Chabelo le dice que ya se va, que hasta mañana.

Luego de constatar que la cinta avanza sin problema, Quique se mete al baño; sin cerrar la puerta, orina. Después pasa a la cocina a calentar agua para café.

Piensa que desde mañana Emilio tendrá que asumir más en serio sus funciones. Que no se me vaya a olvidar sacar las copias para el argentino, se dice.

Cuando la cinta finaliza, Quique se sienta frente a la máquina.

—¿Recibieron bien?

—Sí.

—¿Quién ahí?

—Elsa. ¿Qué ondas? ¿Ya se fueron los compas?

—Sí, ya no hay nadie.

—Ni aquí. Hay una reunión ampliada del área de propaganda del Partido y a mí me dejaron por si se presenta alguna emergencia. Se me había olvidado decirte que ayer pasaron a dejar las cosas que mandaste. Muchas gracias. Todo nos cayó al pelo.

—¿El paquete con las pastas de dientes y los jabones?

—Sí.

—Hasta ya se me había olvidado. Creí que nunca iba a llegar. ¿Hablaste con el compa que los llevaba?

—No, cuando vino yo no estaba. Pero te quería repetir que siempre que podás nos enviés papel higiénico, pasta de dientes, jabones y desodorantes. Aquí casi no se encuentra nada. Vamos a ver cómo conseguimos unos dólares para que comprés las cosas.

—¿Te dieron el casete?

—Sí. Está buenísimo. Miriam y Roberto ya me lo pidieron, pero no se los voy a prestar hasta que me aburra de oírlo. Es el mejor disco de Pablo. ¿Como cuánto cuestan allá?

—No mucho.

Lo recuperé, piensa.

—Con todos los conciertos y los casetes que vos decís que hay en México, te juro que me gustaría ir por allá. Aunque aquí la onda se está poniendo bien buena. Fijáte que a partir de esta semana nos van a dar entrenamiento miliciano intensivo, porque parece que la amenaza de invasión gringa va en serio. Ojalá nos presten los AKA y no esos otros fusiles vetarros.

—Mirá, te quería preguntar, ¿cómo vieron el despacho de cables hoy?

—Bien, nada especial, ¿por qué?

—No, es que yo tuve que ir a hacer un mandado y Emilio se encargó de grabar la cinta. Pero, además, te quería decir una cosa, con la condición de que no lo vayas a andar comentando. ¿Me entendés?

—Decime. No te preocupés.

—Es que a mí me van a trasladar de este puesto y Emilio se va a quedar en mi lugar. No lo vayás a andar diciendo. Es bueno que vos lo sepás, porque te va a tocar tratar con él.

—¿Y para dónde te trasladan? ¿Ya te mandan para adentro?

—No sé. Únicamente me comunicaron que ésta sería mi última semana como teletipista, que Emilio se quedará en mi lugar y que el fin de semana me darán las orientaciones sobre las nuevas tareas que tendré. Pero me insistieron en que no le dijera nada a nadie. Así que hacé pedacitos este papel cuando terminemos de hablar. ¿Okay?

—No tengás miedo. Los compas van a regresar hasta tarde. Además, si vinieran de repente, oiría el carro cuando entra. Pero ¿de veras no te mandan para adentro? Sería cheverísimo.

—No tengo idea. Hasta el sábado me van a decir de lo que se trata. Mientras, tenemos que poner de toque a Emilio.

En eso suena el teléfono.

—Después te llamo. Está sonando el teléfono. Rompé lo que acabamos de hablar.

Levanta la bocina y reconoce la voz de Arturo. Éste le pregunta si no tuvo problemas en el negocio de hoy en la mañana. Quique dice que no, que le van a dar el asunto el siguiente día, lo que realmente querían eran los dólares.

—Te lo dije —confirma Arturo—. Te voy a hablar mañana al mediodía, a ver si ya tenés el asunto, para que yo pase por él.

Antes de regresar al teletipo oye una especie de burbujeo. Va a la cocina. Qué pendejo. Ya casi se consumió el agua que hervía para el café. Vuelve a llenar el tarro.

Lástima que a Arturo no se le ocurrió venir a la oficina, pues por teléfono no podía plantearle sus preguntas. Además, recuerda, Arturo siempre llega a la carrera, entrada por salida; no se lleva bien con el Negro. Por eso lo mejor es que tenga una lista de sus asuntos pendientes, de sus interrogantes, para abordarlo en cuanto pase a recoger el pasaporte.

Eso sí, nada de hablar con Arturo sobre la posible fiesta de despedida donde el Negro. Cuando éste le confirme, le preguntará si puede invitar a Amanda, así tendría gracia.

La chicharra del teletipo vuelve a sonar con insistencia. Decide dejarla que joda hasta que él se prepare su café, si no se le evaporará de nuevo el agua.

Se propone no hablar más sobre lo de su traslado con Elsa. Vaya ser el tuerce.

6

Una vez tomada la decisión de buscar la manera para reincorporarse a las filas revolucionarias, Quique enfrentó una dificultad al parecer insalvable. Temía acercarse a los comités de solidaridad; éstos estaban bajo vigilancia, por lo que se arriesgaba a que lo capturaran y lo deportaran de nuevo. Y no se le ocurría otra manera de vincularse con los compas destacados en México. Sin embargo, una tarde de sábado, en abril de 1982, mientras hacía fila para entrar al cine Regis, por una de esas casualidades, Quique se encontró con dos amigos del pueblo a los que jamás se le hubiera ocurrido que hallaría en ese lugar. Se trataba de Lito, su ex compañero de armas, y de Emilio, su hermano menor. Hacía más de un año que no se miraban. Pronto Quique comprendió que ésa era su posibilidad de reencontrarse con su pasado, de abrirse al futuro. Se abrazaron con regocijo, vieron la película con la ansiedad de salir pronto a charlar y luego conversaron hasta el cansancio, de viejos amigos del pueblo, de los compañeros, de sus familias. Quique relató sus vicisitudes; Lito le contó que él también se había descoordinado después de la ofensiva de enero de 1981, se había venido a México y aquí logró por suerte reconectarse. Había entrado a trabajar de *office boy* a la agencia de prensa del Partido, Presal, aunque desde un principio él les pidió que lo enviaran para adentro, a combatir, y ahora su deseo se convertía en realidad, pues en pocos días partiría a reventarse la madre al frente de guerra.

Quique le pidió que lo recomendara con los compas, repitió que él también deseaba regresar al país, pero no había hallado manera. Entonces Lito le alumbró de veras la vida: precisamente andaba buscando otro compa para que entrara a trabajar a la agencia, porque ésta iba creciendo y ya necesitaban a dos *office boys* en su lugar, uno era Emilio y el otro podía ser él (Quique). Y así fue como el siguiente lunes, a las ocho y media en punto de la mañana, Quique se presentó a la agencia, contestó el interrogatorio al que lo sometió el Negro, se sentó en un escritorio desocupado a escribir un informe detallado sobre su anterior militancia y sobre lo que había hecho en México. El Negro le dijo que regresara el jueves, tenía que consultar con el Partido, pero creía que no habría problema, además Quique tenía a su favor la recomendación de Lito y el precedente de haberse fajado en el monte, por lo que más de algún otro compa lo recordaría. Supo, con toda certeza, que ése era el camino, con paciencia y salivita.

El desempeño de Quique en la agencia no podía ser más satisfactorio. Puntual, entregado al trabajo, siempre dispuesto a realizar la tarea que se le encomendara. Compaginaba y repartía boletines y revistas, compraba los artículos de oficina que se le pedían, no fallaba los sábados y si había necesidad llegaba los domingos, tampoco rezongaba cuando la situación de guerra ameritaba una emergencia y todo el personal debía permanecer prácticamente acuartelado en la oficina días enteros. Por si esto fuera poco, en las reuniones guardaba un prudente silencio, prefería escuchar y desde su primera intervención dejó en claro que se consideraba como alguien que estaba de paso, en camino hacia el verguero.

El ambiente de camaradería que imperaba en la agencia fue vital para que Quique lograse concentrar sus energías en esta nueva dimensión del trabajo revolucionario. Se dijo que no debía desaprovechar las oportunidades que se le presentaban, pues en la guerra todo conocimiento resulta útil. En primer lugar, pidió autorización para aprender a escribir a máquina en sus momentos libres; el Negro y Fausto lo apoyaron e incluso le propusieron que se inscribiera en un curso de mecanografía, ya que la agencia necesitaba formar cuadros. No llegó a inscribirse en ningún curso, pero aprovechaba cualquier resquicio para sentarse frente a la máquina, a practicar con los cables noticiosos del día, así de una vez adquiría el estilo periodístico, aunque fuera con dos dedos. En segundo lugar, siempre que podía, Quique se metía al cuarto de los télex y teletipos, a ayudarle a la encargada, Marta, una chica que cada vez tenía menos tiempo para el trabajo, pues el Partido le había asignado otras tareas. Ella era la buena onda y poco a poco empezó a instruirlo. Al principio, Quique nada más se quedaba controlando que la cinta perforada con la información no se trabara. Luego, Marta le indicó para qué servía cada una de las teclas del tablero. Finalmente, en momentos de apuro, cuando la cantidad de cables y la urgencia de grabarlos y enviarlos lo antes posible la atascaban, ella recurría a Quique para que la ayudara a grabar. Entonces él aprendió de hecho todas las funciones del teletipista; su único flanco, pese a sus esfuerzos para superarlo, era esa inseguridad ortográfica; y no podía estar, por razones de tiempo, consultando permanentemente el diccionario.

Por eso, a finales de 1982, cuando Marta iba a ser trasladada, Quique se perfiló como el más firme candidato a reemplazarla en el cargo. Es cierto que Emilio sintió un poquito de envidia, pero era demasiado evidente que Quique se lo comía en todo. Convertirse en el teletipista de la agencia significaba un salto adelante inimaginable para Quique: no sólo adquirió mayores responsabilidades y una especialización valiosa en general, sino que tuvo acceso a mayor información, participando en las reuniones de mesa de redacción (aunque él no redactara, se consideraba necesario que estuviera al tanto de las directrices del proceso, a fin de que pudiera priorizar y hacer frente a cualquier emergencia) y obtuvo una comprensión más amplia de la guerra.

Al mismo tiempo que entraba a trabajar a la agencia, Quique fue incorporado a un organismo de base partidario. Aquí su situación, en un principio, resultó difícil, ya que los otros integrantes del colectivo eran de origen pequeñoburgués, intelectualoides, muy dados al palabrerío impresionante, citadores de Marx y demás teóricos. Pasaron tres reuniones antes de que Quique se aventurara a externar una opinión y aun así lo hizo en forma balbuceante: se sentía incapaz de hurgar en el sinuoso mundo de las teorías. Hasta que llegó la hora de dividir responsabilidades y los compas coincidieron en que Quique —por su experiencia— era el indicado para hacerse cargo de los asuntos militares y de seguridad. Y de ahí pasaron al plan de ejercicios, al arme y desarme, a las medidas defensivas, y entonces Quique sí agarró confianza y se dijo que lo que él debía hacer era sacar la máxima ventaja de todo lo que hablaban y discutían esos compañeritos reclutados en el exterior, sin práctica, la pura verborrea.

Meses después de su reincorporación, su responsable lo orientó para que se trasladara a vivir a un local del Partido: nada menos que a la casa donde residía la representación obrera partidaria en el exterior. Poco dado a las idealizaciones, a Quique le pareció que los compas obreros estaban muy metidos en la politiquería, en pugnas internas de poder. Por suerte, él sólo se los encontraba tarde en la noche, cuando regresaba de la agencia. Ellos se las arreglaron, sin embargo, para adoctrinarlo en la concepción obrera de la lucha, en la urgencia de que los elementos pequeñoburgueses enquistados en la dirección del Partido fueran reemplazados por compas obreros. Quique los escuchaba con atención y aprendía nuevos vericuetos de la política.

Cuando luego de los sucesos de abril de 1983, un grupo se salió del Partido, Quique enfrentó una prueba decisiva. La representación obrera en el exterior se adhirió a la escisión y todo parecía indicar que Quique se iría también en el barco. Hombre de intuiciones más que de razonamientos complicados, supo de inmediato que cualquier vacilación en ese momento se le revertiría como impedimento para su regreso a la guerra. Por eso, sin mayores aspavientos, se fue a vivir a casa de Emilio y, posteriormente, a la agencia. Sin mayores aspavientos porque Quique permaneció inmune a la vorágine de poder que generan tales situaciones políticas y, por lo mismo, conservó sus amistades en ambos bandos y más bien parecía como si la crisis hubiera pasado a su lado, sin tocarlo, como algo que nada tenía que ver con él.

7

Son pasadas las diez de la noche.

Hace un frío calador en la calle; casi no hay transeúntes, ni tráfico.

Quién sabe en qué viene pensando Quique que los descubre hasta que ya se ha metido en la celada. Uno está a la entrada del edificio, otro enfrente, cerca de la puerta de *El Día*; el coche parqueado a la altura de La Castellana, con las luces apagadas y tres tipos adentro.

Podría irse de paso, correr hacia el lado de Reforma. Pero si lo buscan a él, igual lo alcanzarían. Sería una culerada, además, dejar la oficina sola.

Mientras quita llave a la puerta del edificio, el tipo voltea: la mirada siniestra.

¿Y si hay otros ya dentro de la oficina?

Trata de caminar con naturalidad; sabe que un par de ojos perforan su espalda.

Ni loco entra al ascensor.

Sube las escaleras con la máxima cautela, pisando como gato, con el oído aguzado.

El primer piso y nada; el segundo piso y nada. Si ya están en la oficina, ¿qué hará?

Escalón tras escalón, se desliza.

La puerta de la oficina está cerrada. Pone su ojo a ras del

suelo: no hay luz. Permanece unos segundos escuchando. Todo parece normal, tal como lo dejó antes de salir.

Saca las llaves. Penetra poco a poco la cerradura. Gira lo más despacio posible, silencioso. La puerta raspa sobre la alfombra. Enciende las luces. No, no hay nadie.

¿Y si fuera su alucine, pura paranoia?

Se dispone a cerrar la puerta cuando escucha claramente que alguien abre la entrada del edificio. Son ellos, sin duda.

Cierra, apresurado, con doble llave. Se abalanza hacia el clóset, a sacar la pistola. Comprueba si está cargada. Se guarda el otro cargador en el bolsillo trasero y apaga las luces.

En la penumbra se desplaza hacia el teléfono.

Pero ¿quiénes son? De la fracción escindida del Partido no parecían. Tiras, no hay duda. Pero ¿de dónde? ¿Mexicanos?, ¿salvadoreños?

Marca el número de emergencia que le ha dado Arturo. Detiene la bocina con su hombro, quita el seguro a la pistola y apunta con las dos manos hacia la puerta. Nadie contesta.

Empieza a marcar el número del Negro.

En eso distingue sombras que se mueven por la ranura de luz bajo la puerta. Rápido; ya no hay tiempo.

Trata de recordar el plan de emergencia. Le cuesta: siente como si la cabeza se le nublara.

Se desplaza, sigilosamente, sin dar la espalda a la puerta ni dejar de apuntar, hacia el cuarto de redacción. Éste es el lugar, de acuerdo con el plan, desde donde deberá resistir.

Oye dos toques, suaves, hechos con un nudillo, en la puerta. Silencio. Sólo sus palpitaciones.

Otro par de toques.

Percibe un cuchicheo. Imposible distinguir lo que hablan.

Ahora tocan con fuerza, para que no haya duda.

¿Y si se agarra a tiros con policías mexicanos? ¿No sería mejor entregarse, dejarlos hacer? El Partido tiene contactos, la agencia es legal y fácilmente lo sacarían de la cárcel.

Comienzan a forzar la cerradura.

De todas formas entrarán, piensa.

—¿Quién es? —se oye de pronto a sí mismo gritar.

—¡Abrí, pendejo, que ya te llevó putas!

Son salvadoreños, con ese acento.

Tendrá que jugársela entera.

La detonación hace retumbar el edificio: de golpe se abre la puerta.

—¡Salí! —le gritan.

Está atrincherado a la entrada del cuarto de redacción, una posición lateral a la puerta principal. No lo joderán tan fácilmente.

Quisiera gritarles: «¡Entren, culeros!». Pero delataría su ubicación.

El fogonazo que sale de las manos de Quique para en seco a una sombra que empieza a bambolearse bajo el umbral de la entrada hasta que, como en cámara lenta, cae de bruces sobre la alfombra.

Ya con eso, si se lo chingan, se va parejo, se regocija.

Empiezan a disparar, a lo loco, hacia todos los rincones. El ruido ensordecedor de las detonaciones, sin embargo, no le impide darse cuenta de que por suerte sólo traen armas cortas.

De pronto, en la sala de recepción, se hace la luz.

Silencio.

Quique mira el cuerpo inerte bloqueando la entrada.

¿Lo habrán ubicado ya? ¿Cuántos serán los que subieron? Tiene que aguantarlos hasta que se vean en la necesidad de retirarse.

En eso abren fuego hacia el lado donde está Quique.

Se parapeta tras la puerta.

Ya lo ubicaron. Y se cubren para entrar.

Sí, uno logró pasar a la sala de recepción.

Quique lo percibe, a escasos tres metros, esperando que el otro penetre a la cocina, para asaltarlo desde dos flancos.

—¡Rendite, pendejo, ya no tenés salida! —le gritan.

Cuando Quique responde con fuego, otras dos armas le hacen frente. En el choque, el tipo que corría hacia la cocina se desploma, contorsionándose. Quique siente un ardor agudo en su hombro izquierdo. Se palpa: fue sólo un rozón.

Escucha cuchicheos. Abre fuego de nuevo, pero otro de los tipos ya se ha metido a la cocina.

Lo tienen flanqueado.

Mejor se parapeta más en el cuarto de redacción; aún permanece a oscuras. De un disparo hace añicos el bombillo del techo. Los dejará que intenten el asalto. Al primero que se asome al umbral lo recibirá a talegazos. Se desliza tras uno de los escritorios de metal.

Un silencio demasiado prolongado.

Se están preparando para la embestida final.

Piensa que si logra aguantar tal vez pueda salir con vida. Y los compas que ni se quejen: ha hecho lo posible.

Entonces vislumbra claramente la silueta. Los fogonazos se entrecruzan. El tipo se lleva las manos al estómago, desvaneciéndose; pero Quique lo ha reconocido: es el sargento de su pueblo, el que les propinó aquella memorable paliza a él y a su primo Lucrecio.

Siente que todo dentro de él se arremolina.

En eso escucha nuevas voces, órdenes, movimientos. Han entrado otros tipos. ¿Cuántos eran entonces?

Percibe un fuerte olor a gasolina. Lo quieren achicharrar, sin duda.

—¡Rendite! —le vuelven a gritar—. ¡No te vamos a hacer nada!

Tendrá que tirarse desde ese tercer piso, llevándose consigo el cristal de la ventana, o intentar abrirse paso a putazos. Será mejor que esperar la muerte acurrucado entre las llamas. Le quedan cuatro tiros.

Avientan un recipiente con gasolina dentro del cuarto; luego viene la llamarada, abrasando la alfombra.

Antes de levantarse para embestir en carrera, Quique intuye con quién le tocará enfrentarse. En efecto, mientras avanza agazapado hacia la puerta, con la pistola por delante, descubre tras las llamas la figura de su primo Renato, apuntándole.

Lo último que escucha es una potente detonación.

Luego abre los ojos sobresaltado y observa entre la oscuridad: el techo, la mesa con las máquinas de telex y teletipo. Palpa el *sleeping bag,* la alfombra fría.

Percibe el silencio tranquilo de la medianoche.

Está transpirando.

Se pone de pie. Enciende las luces. Se encamina a la cocina por un vaso de agua.

TERCERA PARTE

1

Madrugada del 6 de abril de 1983, ciudad de Managua: Mélida Anaya Montes, de 53 años de edad, más conocida como la comandante Ana María, segunda al mando de una de las más poderosas organizaciones guerrilleras de El Salvador, es salvajemente asesinada. Su cuerpo presenta ochenta y dos picahielazos, el brazo derecho quebrado y un navajazo que le rebanó prácticamente el cuello. El Ministerio del Interior de Nicaragua y las FPL (organización a la que pertenecía Anaya Montes), en sendos comunicados, culpan de inmediato a la CIA del crimen.

Salvador Cayetano Carpio, de 64 años de edad, más conocido como comandante Marcial, máximo jefe de las FPL y hasta entonces el más respetado dirigente de la revolución salvadoreña, se encuentra en Libia al momento del asesinato de Ana María. Al conocer los hechos, regresa a Managua, donde participa, el 9 de abril, en el multitudinario entierro de su compañera de lucha.

Once días después, el 20 de abril, el Ministerio del Interior nicaragüense difunde un nuevo comunicado en el que se informa que Salvador Cayetano Carpio se suicidó de un tiro en el corazón, el 12 de abril, consternado por la noticia de que su lugarteniente y jefe de seguridad de las FPL, Rogelio Bazzaglia (alias Marcelo), es el responsable intelectual del asesinato de Anaya Montes. El hecho, según el comunicado, fue perpetrado por tres comandos especializados de esa organización, con la complicidad del chófer y la cocinera de Ana María. Todos reconocieron su culpabilidad ante las autoridades nicaragüenses.

Ocho meses más tarde, el 9 de diciembre de 1983, las FPL emiten un extenso comunicado en el que acusan al fenecido Carpio de haber sido el principal promotor y responsable del asesinato de Anaya Montes. Afirman que, descubierto en su crimen, Marcial optó por el suicidio, en un último acto de cobardía política, para evadir su responsabilidad y salvar su nombre.

2

Jorge Kraus es un reconocido periodista argentino radicado en México. En su tierra natal militó en una de las organizaciones de izquierda que tuvieron su apogeo en la primera mitad de la década de los setenta. Nunca fue un combatiente de primera línea, pero su pluma siempre estuvo dispuesta a colaborar en lo que el proceso revolucionario le exigía. Cuando la represión desatada por la dictadura militar logró aniquilar a las organizaciones izquierdistas, Kraus huyó apresuradamente de su país. Primero llegó a Caracas, donde pasó una temporada. Luego se trasladó a México, lugar en el que estableció su base de operaciones. En ese año 1976, los mexicanos aún miraban con gran simpatía a los exiliados sudamericanos: Kraus no sólo consiguió trabajo en la sección internacional de un prestigioso periódico nacional, sino que pronto se convirtió en el «reportero estrella». Ese mismo año viajó a Angola, a fin de escribir una serie de reportajes sobre la situación en ese país, luego del triunfo del Movimiento de Liberación Nacional. Supo, entonces, que ésa era su oportunidad para realizar algo que siempre había deseado: la escritura de un libro.

Por eso, a su regreso a México, pidió un permiso y se encerró un mes a ordenar el material recabado y redactar el manuscrito. El libro *Angola: historia de una revolución* transformó a Kraus en un periodista de primer nivel en los círculos de poder tercermundista. Hubo una exitosa presentación, no faltaron las reseñas elogiosas y, lo más importante, pronto recibió nuevas invitaciones para visitar países exóticos. El siguiente triunfo de Kraus lo constituyó su libro *Etiopía: una revolución en ascenso*. No sólo creció su reputación profesional, sino que logró un nivel de ingresos económicos –gracias, en buena parte, a nuevas peticiones de artículos, viáticos, derechos de autor y hasta conferencias universitarias– que le permitió comprar un auto de modelo reciente, rentar un amplio apartamento y gozar de muchas comodidades. Aún estaba, por suerte, en el México del *boom* petrolero y todo parecía posible. Cuando en 1979, el triunfo de la revolución sandinista era inminente, Jorge se trasladó a San José de Costa Rica, con el objetivo de penetrar al frente de guerra y realizar una serie de reportajes. Sin embargo, el desmoronamiento de la dictadura de Somoza se registró mucho más pronto de lo que Kraus creía y éste no alcanzó a llegar hasta las trincheras. Eso no le impidió que, el 19 de julio, al difundirse en San José la noticia de que las fuerzas sandinistas entraban a Managua, consiguiera un uniforme verde olivo y se trasladara de inmediato a la frontera. Con su cámara fotográfica y su credencial de reportero logró colarse en uno de los camiones repletos de combatientes que entraron triunfalmente a la capital nicaragüense la tarde de ese histórico día. Una foto de un tipo de unos treinta años, de tez blanca, barbado, con uniforme militar, una cámara y un fusil, cuelga en la sala del apartamento de Kraus: es uno de sus trofeos de guerra. Claro que no perdió la oportunidad y a principios de 1980 ya circulaba su nuevo libro, bajo el título de *Crónica de la victoria sandinista*. Meses más tarde, las fuerzas revolucionarias salvadoreñas pasaban a un primer plano en la escena política internacional y Kraus enfiló sus baterías hacia ese pequeño país.

3

A diferencia de Quique, un joven para quien el mundo intrigante de la alta política podía pasar desapercibido y toda la simbología revolucionaria permanecía en un segundo plano ante la eventualidad de la acción, Juan Carlos sí resintió profundamente el asesinato de Ana María y el suicidio de Marcial.

Ese 6 de abril, en Managua, cuando les comunicaron que la comandante había sido asesinada (y de manera tan macabra), Juan Carlos sintió una rabia tremenda. En primer lugar, le dolía la muerte de la mujer que había llegado más lejos en la historia revolucionaria de El Salvador. En segundo lugar, sufrió un sentimiento que oscilaba entre la necesidad de venganza, la impotencia y la vergüenza, ya que su organización había sido incapaz de garantizar la seguridad de uno de sus dos más importantes cuadros dirigentes.

Esa misma noche del 6 de abril, los militantes del Partido —hay que aclarar que, al igual que en otras latitudes, todas las organizaciones guerrilleras salvadoreñas se consideraban a sí mismas como «el Partido»— destacados en Managua sostuvieron una reunión de emergencia, en la que analizaron la situación generada por el crimen. Rogelio Bazzaglia (alias Marcelo), como jefe de seguridad del Partido, fue el encargado de conducir la junta y determinar las medidas apropiadas para el caso. Los días siguientes estuvieron llenos de dudas, rumores y miedo de que la CIA intentara otro atentado, hasta que la noticia del suicidio de Cayetano Carpio y la captura de Marcelo y sus secuaces —acusados del asesinato de la comandante— le vino a quebrar el mundo en pedazos a la militancia.

¿Cuál fue la reacción de Juan Carlos ante el suicidio de Carpio y el hecho de que compañeros de su misma organización fueran capaces de cometer un asesinato de esa naturaleza?

Antes, quizás, sea necesario ofrecer algunos elementos sobre lo que significaban Marcial y Ana María, no sólo para Juan Carlos, sino para centenares de revolucionarios salvadoreños y para miles de hombres y mujeres que en distintas partes del mundo apoyaban a las fuerzas revolucionarias de ese país.

Desde finales de la década de los cuarenta, Salvador Cayetano Carpio despuntó como un tenaz dirigente comunista. Víctima de persecuciones, cárceles y torturas, con el paso de los años se convirtió en el símbolo vivo de la lucha de la clase obrera salvadoreña. Desde 1970, además, se movía en una clandestinidad absoluta y era el principal impulsor del movimiento armado contra los gobiernos militares de turno.

Desde mediados de la década de los sesenta, Mélida Anaya Montes despuntó como una aguerrida dirigente magisterial, la cual encabezó varias huelgas que pusieron de rodillas a los gobiernos militares. Con el paso de los años se convirtió en un símbolo vivo del poderoso movimiento de masas urbanas. Desde 1975, además, se movía en una absoluta clandestinidad y fue una de las principales impulsoras de la lucha guerrillera.

Ambos eran, pues, un mito, los próceres revolucionarios, el vínculo con toda una tradición de lucha y conspiración, los ancianos sabios, el símbolo de la esencia proletaria y popular de la revolución salvadoreña. Juntos habían forjado, además, una organización que hasta abril de 1983 se consideraba la expresión genuina de la moral revolucionaria, la heredera de los principios del marxismo-leninismo, la destinada a liberar al pueblo salvadoreño, la verdadera manifestación de la alianza de clases obrero-campesina, la única que contaba con un obrero y una maestra (nada de intelectuales pequeñoburgueses) como sus máximos líderes.

Por eso, cuando comprendió que Marcial y Ana María estaban irreversiblemente muertos, Juan Carlos experimentó una desoladora sensación de orfandad, de desamparo. También fue víctima de un sentimiento de culpa, de pecado (porque los caínes estaban en sus propias filas). Se trataba de una enorme conspiración metafísica, que había movido fuerzas incontrolables, insospechadas, y de pronto los había transformado de inmaculados ángeles revolucionarios en vulgares seres humanos, tan criminales como sus adversarios.

Pero luego vino el momento de pensar y Juan Carlos era un cuadro partidario formado en el principio conspirativo de que no se debe preguntar ni decir nada más que lo indispensable; aparte de que él no era un hombre caracterizado por la curiosidad. Sus estudios de filosofía y del marxismo-leninismo le habían enseñado que la revolución es producto de grandes movimientos sociales y no de la voluntad individual y mesiánica de un puñado de hombres. Por lo mismo, se dijo que el Partido sabría asimilar el golpe y sacar las enseñanzas necesarias.

Juan Carlos continuó su trabajo en la comisión de finanzas: elaboró proyectos a fin de conseguir dinero para montar zapaterías, talleres de artesanías, escuelas primarias, cursos de enfermería, entre otros, en las zonas bajo control revolucionario; viajó a Europa y a Estados Unidos para presentar los proyectos; se entrevistó con delegaciones de agencias humanitarias internacionales; repitió una y otra vez el discurso que el Partido le había orientado sobre los sucesos de abril (porque desde entonces, en un pudoroso eufemismo, el salvaje crimen de Anaya Montes y el suicidio de Carpio pasaron a

llamarse «los sucesos de abril»); daba cuentas exactas y proponía nuevas ideas al responsable de la comisión.

Pero las cosas ya no eran iguales: algo se había roto dentro
de Juan Carlos. Y no se trataba únicamente –como él sosten-
dría más tarde– de que en el Partido se había generado una
situación de desconfianza intolerable.

4

Quedar bien con los revolucionarios salvadoreños en 1980 no era fácil. Jorge Kraus lo descubrió cuando escribió su primer artículo sobre el conflicto en ese país. Las cinco organizaciones guerrilleras que formaron el Frente Farabundo Martí para la Liberación Nacional (FMLN) mantenían profundas diferencias. Una tradición de beligerante sectarismo producía susceptibilidades impredecibles en ese entonces para los observadores foráneos. Por ejemplo, Kraus se dio cuenta de que en su artículo hacía referencia a acciones militares de una de las cinco organizaciones y que esto, de inmediato, le granjeó, si no la hostilidad, al menos la desconfianza de los otros cuatro grupos. Y es que Kraus no estaba interesado en vincularse estrictamente con una de las tendencias, pues su intención era obtener la más amplia información posible y no convertirse en un militante. Pero lo cierto es que no pudo escribir la serie de reportajes de guerra ni el libro que se proponía debido a otras razones. La primera es que perdió su trabajo en el periódico: en un abrir y cerrar de ojos le hicieron lo que en su tierra llamaban «la mexicanada», esto es, una intriga certera, un golpe a traición propinado por aquellos colegas que ya estaban hartos de lo que denominaban su «ego desproporcionado». Esto le produjo a Kraus una situación de inestabilidad que únicamente pudo ser resuelta hasta que, tres meses más tarde, encontró un nuevo empleo en una radio universitaria. No obstante, Jorge perdió status profesional, vio menguados sus ingresos y ya no contó con la cobertura que le proporcionaba un periódico de prestigio nacional e internacional. La otra razón es que, hasta entonces, Kraus sólo había escrito sobre revoluciones triunfantes, en las que la seguridad del reportero estaba garantizada. Hacerlo sobre El Salvador significaba entrar a los frentes de guerra en condiciones de clandestinidad o arriesgarse a visitar una capital controlada por los escuadrones de la muerte. En ambos casos se corría el riesgo de morir. Y para Kraus, un periodista conocido por sus libros elogiosos de las revoluciones socialistas, llegar abiertamente a San Salvador era un suicidio. Una última razón, más general pero igualmente válida, es que a partir de 1981 se aceleró la crisis económica mexicana, lo cual no era aliciente para que un periodista independiente se aventurara a invertir tiempo y dinero en una empresa que hasta podía costarle la vida. Por eso pasaron los meses sin que Kraus escribiera su proyectado libro sobre El Salvador. Buscó, entonces, nuevas alternativas. Se acercó a las oficinas de la Organización para la Liberación de Palestina (OLP) en México, a fin de sondear las posibilidades de viajar a Beirut para realizar una serie de reportajes. Desgraciadamente, los palestinos no mostraron mayor interés. Luego, en una recepción, Kraus abordó a un diplomático iraquí, con similar objetivo. Éste se mostró entusiasta, pero al final le explicó que tendría que esperar varios meses, pues debido a la situación de guerra que imperaba en su país no había suficientes fondos como para financiar ese tipo de viajes. Igual resultado obtuvo con los vietnamitas. Kraus comprendió que mientras continuara en esa radio universitaria de segunda categoría nadie se interesaría en apoyarlo para que emprendiera nuevas aventuras. Su problema se agudizaba a causa de la crisis económica, ya que el mercado de trabajo se había reducido y los recursos financieros de los medios de prensa mexicanos escaseaban. Esto sin contar con que los ex colegas de Kraus se habían encargado de levantarle una ficha nada envidiable (lo acusaban, ni más ni menos, de infiltrarse en los movimientos revolucionarios para sacar información que luego entregaba a la Secretaría de Gobernación mexicana y, por ende, a la CIA), por lo que aquél tuvo que invertir no pocas energías en contrarrestar la campaña de desprestigio. Su suerte cambió a finales de 1982, cuando conoció a una fotógrafa francesa, quien trabajaba para varias agencias europeas. Carol era guapísima, inteligente y tenía abundantes recursos económicos. Es cierto que Jorge se enamoró realmente de ella, pero buena parte de su insistencia para que se fueran a vivir juntos lo más pronto posible estaba determinada por su certeza de que con Carol su vida profesional recibiría una tremenda dosis de vitalidad: podrían hacer cantidad de cosas juntos. Kraus se encontraba en la cúspide de ese romance cuando se difundieron las noticias sobre el asesinato de Ana María y el suicidio de Marcial. Como buen periodista, supo de inmediato que ahí había gato encerrado, pero si los compas habían optado por guardar silencio, más valía desentenderse del asunto. Además, Carol y Jorge ya habían planeado la elaboración de un libro conjunto sobre la situación de América Central luego del triunfo de la revolución sandinista. Ella, por supuesto, conseguiría en Europa el financiamiento y contactaría a posibles traductores para su lanzamiento en varias lenguas. Así, pusieron manos a la obra y, de junio a agosto, Carol y Jorge recorrieron el istmo con credenciales de importantes medios europeos. No obstante, él tomó estrictas medidas de seguridad en San Salvador y Guatemala: jamás salió solo, trató de no hacerse demasiado visible, no buscó contacto con los grupos guerrilleros y nunca se emborrachó. A su regreso a México, Kraus necesitó sólo dos meses para tener listo el manuscrito final del libro: era bastante general, pensado para un público europeo, pero contenía los elementos claves para comprender el conflicto; ayudó, asimismo, a escoger las fotos de Carol. En seguida, ella partió hacia el viejo continente con varias copias del original en su maleta.

5

Ese mismo día de finales de octubre en que Jorge Kraus daba los últimos retoques al manuscrito de su libro sobre Centroamérica, Juan Carlos recibió como primicia una información que —por razones de su trabajo— era indispensable que conociera de inmediato. Lamentablemente, éste no tenía sentido periodístico y lo que supo ese día sólo sirvió para abrirle de golpe una zanja interior en la que se encontró sin asidero.

El Sebas lo convocó a una reunión urgente. Le explicó que le daría un informe sobre los resultados del último pleno del Consejo Revolucionario, máximo organismo del Partido, que había tenido lugar en Chalatenango, en una zona bajo control revolucionario, en agosto recién pasado. El Sebas era miembro suplente del Comité Central y formaba parte del Consejo; como tal había participado en la reunión y había sido destacado para que informara sobre la misma a ciertos cuadros del exterior. Uno de ellos era Juan Carlos.

El Sebas comenzó hablando sobre las dificultades que enfrentó el Partido para llevar a cabo ese encuentro en una situación de guerra. La mayoría de los compañeros consejales estaban dispersos en distintos frentes y su movilización requirió varios días de marcha y muchos peligros. Lo más difícil fue, sin embargo, lograr que el enemigo no se diera cuenta del evento. El problema de seguridad era delicadísimo: durante casi un mes, los sesenta dirigentes más importantes del Partido habían permanecido deliberando y un golpe del ejército en esas circunstancias hubiera sido mortal. Por suerte, más allá de uno que otro contratiempo, las cosas habían funcionado a la perfección.

Luego, el Sebas pasó a repetir el análisis de la situación política, militar, económica e internacional del país. Juan Carlos lo escuchaba con la certeza de que eso era un preámbulo, que lo bueno vendría después, cuando relatara lo que se había dicho sobre los «sucesos de abril», porque éstos, sin duda, fueron el meollo de la reunión, el punto a partir del cual el Partido había diseñado su estrategia y su táctica a distintos niveles.

Pero el Sebas sabía dosificar la píldora. Habló de la debacle militar del ejército gubernamental; del plan del Partido de concentrar fuerzas para propiciar golpes demoledores a las principales guarniciones; de la táctica a seguir ante las elecciones presidenciales que se realizarían en marzo próximo; de lo que significaban en realidad las gestiones diplomáticas del Grupo Contadora para las fuerzas revolucionarias salvadoreñas.

En seguida se refirió a los acuerdos generales que se habían tomado en la reunión. Mencionó, entre otros, la necesidad de fortalecer a las fuerzas armadas populares; continuar la construcción del Partido a través de la intensificación del trabajo celular a todos los niveles; reactivar el movimiento de masas urbanas; hacer los máximos esfuerzos para impulsar y consolidar el proceso de unidad con las demás organizaciones del FMLN; aumentar la solidaridad internacional con la lucha del pueblo salvadoreño, a fin de evitar la intervención imperialista.

Hasta entonces el Sebas enfiló hacia la cuestión clave: el asesinato de Ana María y el suicidio de Marcial. Hizo un largo rodeo en el cual afirmó que *la mayoría* de los compañeros habían abordado con madurez el caso y que los encargados de la comisión investigadora de los hechos habían presentado abundantes pruebas para documentar sus conclusiones. Terció que el Partido consideraba muy doloroso tener que enfrentar esa situación, pero que era un deber revolucionario llegar al fondo del caso y, en el momento en que fuera necesario, dar a conocer lo que en verdad había sucedido.

Luego le dejó ir el golpe a boca de jarro: después de una profunda valoración de los hechos y de las pruebas presentadas, el pleno del Consejo había llegado a la conclusión que Salvador Cayetano Carpio ordenó y planificó junto con Marcelo el salvaje crimen de la comandante Ana María y que, al ser descubierto en su fechoría, aquél optó por el suicidio. El Sebas detalló las desviaciones políticas de Carpio, sus deformaciones sectarias y dogmáticas, su rivalidad y odio hacia Ana María; mencionó pruebas, testimonios y la confesión del propio Marcelo. Pero Juan Carlos apenas lo escuchaba, estaba anonadado, con la sensación de caer en un abismo oscuro, frío, sin fin, como en una de esas pesadillas en las que en un último esfuerzo uno logra despertar.

Si bien es cierto que ya circulaban rumores sobre las diferencias entre ambos comandantes y sobre las posibles implicaciones de Carpio en el asesinato, esta acusación oficial era contundente, demoledora, no dejaba resquicio para la conmiseración. Juan Carlos escuchó sin preguntar, sin buscar coartadas con las cuales defender algo de lo que le estaban destruyendo, como si toda esa versión fuera cierta, la verdad a secas, y él no tuviera dudas.

El Sebas le repitió que esto que acababa de oír era completamente secreto. El Partido consideraba necesario que él lo supiera, no sólo por la naturaleza de su trabajo, sino porque no era descartable que de un momento a otro hubiera necesidad de difundir públicamente esa realidad –y la organización quería que él (Juan Carlos) no fuera tomado por sorpresa–, ya que algunos compañeros que profesaban un verdadero culto a la personalidad de Marcial se habían salido del Partido y, según los más recientes informes, estaban empeñados en una labor divisionista y reivindicativa de la figura de Carpio, cuando a éste el pleno del consejo ya lo había condenado por asesino.

Después de la reunión con el Sebas, al quedar a solas consigo mismo, en la calurosa noche de Managua, bajo esa tremenda acusación contra el dirigente que él más había respetado en su vida revolucionaria, ¿qué fue lo que sucedió con Juan Carlos?

Como cuadro partidario, entrenado en la fe y en la disciplina, estaba predispuesto para creer la versión oficial de los hechos, la cual además le parecía lógica, coherente; pero sentía que, si en abril algo había muerto en su interior, ahora le acababan de pegar el tiro de gracia.

Dos semanas más tarde, Juan Carlos se reunía nuevamente con el Sebas y le planteaba que él se sentía confundido y prefería retirarse del Partido, que no se trataba de que él estuviera en contra de la línea de la organización, ni que apoyara o simpatizara con los elementos fraccionalistas, sino que toda la situación lo había afectado profundamente y le resultaba imposible seguir militando en tales circunstancias. El Sebas no lo interrogó mucho, sólo le dijo que eso en términos estrictos se llamaba deserción, pero si Juan Carlos ya estaba decidido, no había nada que hacer.

Por eso, cuando la prensa difundió el comunicado el 9 de diciembre, en el que el Partido acusaba formalmente a Carpio del crimen de Ana María, Juan Carlos no fue tomado por sorpresa: su única preocupación en ese momento era partir lo antes posible hacia México.

6

La lectura de esa noticia, impactante, escandalosa, sacudió el instinto periodístico de Jorge Kraus. Su suposición era correcta: ahí había algo podrido y ahora comenzaba a salir pus, a borbotones. Pero la idea no se le ocurrió en ese instante, sino horas después, cuando ya había releído el comunicado íntegro y había conversado con algunos colegas, un par de ellos excitados hasta la morbosidad con el caso. A Kraus le pesaba desde hacía tres años un sentimiento de frustración por haberse visto imposibilitado de escribir el libro sobre El Salvador y ahora, de repente, comprendió que ésta podía ser la oportunidad. Pero había algunos inconvenientes que antes debían ser resueltos. El primero, por supuesto, era que no podría lanzarse a esa aventura sin el visto bueno y el total apoyo de las FPL y de los sandinistas. El segundo, menos importante, consistía en que tampoco podría comenzar de inmediato, pues Carol ya había regresado de Europa y estaban a punto de partir a una gira de vacaciones por la península de Yucatán. Serían tres semanas de placer y ambos estaban apasionados con el viaje como para considerar cualquier retroceso. Pese a estos inconvenientes —o precisamente a causa de ellos—, a medida que Kraus le daba vueltas a la idea de escribir el libro sobre el caso de Marcial y Ana María, más se entusiasmaba. Mientras conducía su auto a través de la mitad del territorio mexicano, con el objetivo de llegar a las ensoñadoras playas y a las ruinas mayas que pueblan la península yucateca, Kraus barajeaba las diversas alternativas para la escritura del libro, los argumentos a los que recurriría para convencer a las FPL y a los sandinistas de que un libro de esa naturaleza ayudaría en gran medida al proceso revolucionario salvadoreño. Se regocijaba por las tremendas posibilidades editoriales que se le abrirían: escribiría un verdadero best seller, que le produciría fama y dinero. De inmediato tendría ofertas de traducciones, adelantos por la escritura de nuevas obras. Porque su idea para la estructuración del libro le parecía sencillamente genial: lo elaboraría con la técnica de la novela policíaca, pero con puros hechos reales. Algo semejante a *A sangre fría* de Truman Capote o a *Recuerdo de la muerte* de su compatriota Miguel Bonasso. Sólo que el libro de Kraus superaría a éstos por una razón esencial: los sucesos que abordaría constituían una tragedia universal, digna de un clásico griego o de una obra dostoievskiana. A Carol le encantó tanto la idea que se incluyó de inmediato en el proyecto: buscaría material gráfico de archivo, viajaría a Managua a tomar fotos de la casa donde ocurrió el crimen, de la habitación donde se suicidó Marcial y del sitio donde fue enterrado; también iría a la cárcel a retratar a Marcelo y a sus cómplices. En el camino de Mérida a Cancún se la pasaron jugando con el eventual título del libro. Ambos estaban de acuerdo con que las palabras «El Salvador» debían encabezar el título: sería una condición que pondría cualquier editor. Jorge dijo que se podría llamar *El Salvador: todo lo que usted siempre quiso saber y no se atrevió a preguntar sobre la muerte de los comandantes.* Muy largo, se quejó Carol. Entonces a Jorge se le ocurrió otro título, con el mismo enfoque, pero menos comercial: *El Salvador: la verdad sobre la misteriosa muerte de Ana María y el suicidio de Marcial.* Carol afirmó que ése estaba mejor, aunque también le parecía extenso. La solución era quitarle «la verdad sobre», así quedaría más conciso. Fue cuando ella propuso que buscaran la parodia de una obra maestra, algo así como *Crimen y suicidio en El Salvador.* A Jorge le pareció fantástico. Sin embargo, creía necesario un subtítulo. Ella afirmó que éste podría ser «Relato de una purga revolucionaria». No, dijo Jorge, la palabra «purga» era espantosa, sonaba a purgante, a enfermedad intestinal. Mejor si el subtítulo fuera «Intimidades de una pugna revolucionaria». Se carcajearon de la ocurrencia. Por ese rumbo llegarían a «Las implicaciones sexuales de la lucha revolucionaria», comentó ella. Pero el título, al final de cuentas, era lo de menos. Lo verdaderamente importante era convencer a las FPL y a los sandinistas de que el libro sería útil para la causa. Para esto, Kraus contaba con una argumentación al parecer irrebatible. Les plantearía que los hechos habían sido demasiado crueles y complejos como para que algunos compas se contentaran con una explicación general, por lo que una historia novelada sería una manera formidable de hacer comprensible y difundir la versión oficial. Así, para muchos compas resultaría más fácil sobreponerse a la crisis, no ser confundidos por las versiones de los grupúsculos disidentes y continuar impulsando la lucha revolucionaria. Kraus les pediría tan sólo que lo apoyaran en su viaje a Managua, a fin de poder entrevistar a Marcelo y a los asesinos, así como a aquellos dirigentes y militantes que tuvieron que ver de cerca con el caso. Los gastos de viaje y hospedaje correrían por cuenta de Kraus (y de Carol, claro está) y tanto las FPL como los sandinistas podrían destacar un responsable para que leyera e hiciera observaciones a la versión final del libro. Carol reconoció que se trataba de una argumentación sólida y que no había razón para que no apoyaran el proyecto. En un par de ocasiones, luego de intensas jornadas de sol, brisa, sexo, ron y mar, Kraus garabateó apuntes sobre la forma en que iría armando el relato. En su libreta se podía leer:

Posibles capítulos:

1. Una descripción detallada del crimen de Ana María: la entrada de los comandos a la casa en la madrugada, los ochenta y dos picahielazos, el terror de ella. Todo contado en un clima de *suspense*.

2. El entierro de Ana María. Destacar su personalidad política y el apoyo de masas con que contaba. Citar, además, el discurso de Marcial.

3. La captura de Marcelo y sus secuaces. Aquí hay que emplear la tensión del relato policíaco. (Ojo: pedir la colaboración de la seguridad del Estado sandinista, a fin de que precisen los detalles sobre la forma como fueron descubiertos y capturados.)

4. El suicidio de Carpio. Crear un clima trágico. Se debe buscar una entrevista con la viuda de Carpio y cualquier otro testigo, para darle gran fuerza a la escena.

5. Una historia resumida de las FPL, en particular, y del proceso revolucionario salvadoreño, en general.

6. Antecedentes de la disputa entre ambos comandantes. Relatar lo que sucedió en las últimas reuniones del Comando Central de las FPL.

7. El aislamiento de Marcial dentro del FMLN. Aquí hay que conseguir entrevistas con dirigentes de otras organizaciones salvadoreñas, en las que brinden información sobre sus relaciones con Carpio durante los últimos años.

8. Una descripción del grupo de sujetos fanáticos que rodeaban a Carpio.

9. La confesión de Marcelo. Hacer todos los esfuerzos por conseguir una entrevista y una copia de su declaración extrajudicial. Sin esto, todo el libro se cae.

Ojo: los capítulos 6, 7 y 8 podrían formar un solo bloque.

Pero, más allá del entusiasmo por la inminente realización de su libro, ¿qué pensaba en realidad Kraus sobre los «sucesos de abril»? ¿Consideraba cierta la versión oficial o tenía dudas y sospechas? ¿Sentía una profunda conmoción por el caso y estaba dispuesto a llegar a la verdad? Para Kraus, las cosas habían sucedido de la manera descrita por la organización y Carpio representaba una tendencia stalinista, medio polpotiana, nefasta en toda revolución. Por lo mismo, no tenía la intención expresa de buscar nuevas revelaciones que dieran otro cariz a los acontecimientos: él partiría de lo que consideraba «la verdad» y su trabajo consistiría precisamente en demostrar que esta verdad era absoluta, hasta en los mínimos detalles. La búsqueda de elementos que determinaran otro enfoque del caso implicaría, además, entrar en contradicción con las FPL, el FMLN y los sandinistas; algo que Kraus jamás se propondría. Por eso, al regresar de sus vacaciones, a principios de enero, buscó la forma de contactar a los representantes de las FPL en México. Visitó la agencia de prensa revolucionaria, pero le dijeron que el director estaba fuera del país y regresaría en pocos días. Cuando el siguiente lunes pudo entrevistarse con el Negro —ese mismo día en que Quique López recibía la noticia de que el Partido había aprobado su reingreso al frente de guerra e iniciaba los trámites para conseguir su pasaporte—, le planteó en detalle su plan. El Negro afirmó que a él le parecía una excelente idea, pero que tendría que transmitirla al jefe local del Partido, a fin de que éste informara a los organismos superiores, para que ellos tomaran una decisión al respecto. Kraus pensó que eso tomaría meses, ya que su proyecto tendría que viajar hasta las montañas de Chalatenango para ser aprobado. El Negro le dijo que no, que había formas más ágiles. El periodista pidió que le facilitaran todos los comunicados y cables que tuvieran sobre los hechos y preguntó si era posible platicar personalmente con el responsable local del Partido. Según el Negro, no habría problema. Acordaron mantenerse en contacto.

7

A mediados de mayo de 1975, el Ejército Revolucionario del Pueblo (ERP) difunde un volante en el cual anuncia la ejecución del «traidor» Roque Dalton García, acusado de ser un agente de la CIA infiltrado en ese grupo. Según el volante, dicho sujeto fue ejecutado el 10 de mayo, en un lugar no especificado de El Salvador.

El 14 de ese mismo mes, Dalton García hubiera cumplido cuarenta años de edad. Su vida política comienza en 1957, cuando ingresa al Partido Comunista Salvadoreño (PCS). Su militancia revolucionaria lo lleva en varias ocasiones a la cárcel y lo obliga a vivir en el exilio en países como México, Cuba y Checoslovaquia. En 1973, regresa clandestinamente a El Salvador para incorporarse a las filas del ERP.

Paralelamente a su actividad política, Dalton escribe y publica libros de poemas, ensayos, testimonios, obras de teatro y una novela. Al momento de su muerte, es considerado el más importante escritor en la historia salvadoreña.

La ejecución de Dalton desata una ola de protestas e indignación en círculos literarios y revolucionarios, tanto en El Salvador como a nivel latinoamericano y mundial.

Entonces el ERP difunde otro comunicado en el que ahora acusa a Dalton de ser un agente cubano infiltrado en esa organización. Agrega que todo el escándalo es porque a los cubanos se les murió su «payaso».

Posteriormente trasciende que la muerte del poeta se produce en medio de una pugna entre los sectores militaristas y políticos del ERP. El grupo que sustentaba posiciones similares a las de Dalton se escinde, forma una nueva organización denominada Resistencia Nacional (RN) y acusa de criminales a los militaristas que acabaron con la vida del escritor.

A diferencia del caso de Ana María y Marcial, hasta la fecha no se ha capturado ni juzgado a nadie por el asesinato de Dalton. Tampoco se han revelado públicamente los nombres de los autores materiales del crimen, ni la forma en que fue ultimado.

Los restos de Ana María reposan en una plaza de Managua que lleva el nombre de la dirigente; Carpio fue enterrado en un sitio de Nicaragua conocido únicamente por su mujer, algunos colaboradores cercanos, la jefatura sandinista y la dirección de las FPL; el lugar donde se pudrió el cuerpo de Dalton es mantenido como un férreo secreto por los jefes del ERP.

Significativamente, en una fotografía publicada por el periódico nicaragüense *Barricada* del 21 de abril de 1983, tomada cuando enterraban a Carpio —única muestra gráfica de ese evento dada a conocer públicamente—, aparece en un segundo plano la viuda de Dalton.

La revolución salvadoreña tiene una manera peculiar de devorar los cadáveres de sus grandes hombres controvertidos: a escondidas.

8

Ni Quique ni Juan Carlos ni Jorge Kraus resistieron en su momento el asesinato de Dalton. El primero sencillamente no se dio cuenta (era un niño pueblerino que se hacía adolescente en el remoto San Juan Opico), para los otros dos apenas fue una noticia. Pero el asesinato de hombres de la naturaleza de Dalton termina por afectar íntimamente no sólo a aquellos que pertenecen al círculo cercano de la víctima, sino a terceras personas, tipos para quienes la muerte de un mito se convierte en algo que incide para siempre en el curso de sus vidas. A estos últimos pertenecía Gabriel.

Era lo que suele llamarse «un escritor frustrado». A mediados de la década de los sesenta, había pertenecido al grupo de jóvenes poetas denominado «El garrobo fosforescente»; contaban con una página literaria en un vespertino local y se reunían todos los sábados para beber y leerse sus composiciones. Pronto, sin embargo, Gabriel constató que su vocación poética era prácticamente nula: le costaba un mundo escribir los versos y al final no le gustaban, le parecían patéticos. Por eso decidió dejar a un lado la lira y culminar su carrera universitaria. Se graduó de licenciado en letras con una tesis sobre la poesía social en El Salvador y en seguida consiguió una plaza de docente en la Universidad Católica.

Esa tarde de mediados de mayo de 1975, cuando llegó a la parada de buses de la plaza Morazán, en la zona céntrica de

San Salvador, con la intención de abordar una ruta 7 que lo llevara a la universidad, Gabriel vio regados sobre la acera, al capricho del viento, varios volantes: distinguió el emblema del ERP y recogió uno. Su primera reacción fue de incredulidad: no era posible que hubieran matado a Dalton, el más importante poeta en la historia salvadoreña, bajo la acusación de ser un traidor y un agente de la CIA.

Dobló cuidadosamente el volante, lo guardó en su cartera y se aprestó a subir al bus. En el camino fue masticando la noticia, pensando que no podía ser cierta, que se trataba de una maniobra propagandística realizada quién sabe con qué fines. Al llegar a la universidad, comentó con varios colegas el hecho; ninguno podía dar crédito. Es que en el departamento de letras y en los medios literarios nadie sabía –fuera de una que otra excepción– que Dalton hubiera regresado en forma clandestina al país, y menos que militara en el ERP.

Días después, cuando se difundieron protestas por el hecho y el ERP dio a conocer un nuevo comunicado, para todo el mundo quedó claro que el poeta había sido asesinado. Gabriel estaba impactado; nunca había pertenecido a ningún partido u organización política, pero tenía simpatías naturales hacia la izquierda. Debido a esto, le costaba creer los hechos y no alcanzaba a comprender cómo una monstruosidad de esas dimensiones pudo ser llevada a cabo.

Pero ¿qué significaba Dalton para este profesor de letras?

Hay que aclarar que Gabriel era un «escritor frustrado», pero no amargado: su principal pasión continuaba siendo la literatura, con la diferencia de que ahora la enfocaba desde la óptica docente, crítica. Dalton era su paradigma nacional, el hombre que encarnaba la síntesis de la creación literaria y el ensayo político, de la práctica y la teoría revolucionaria, de la búsqueda de la identidad nacional y el cosmopolitismo.

Todo eso se desmoronó de golpe. Porque la muerte del mito tenía repercusiones incluso en la actividad docente de

Gabriel: ¿cómo hacer creer a los alumnos, de aquí en adelante, que el escritor debía mantener un compromiso político, una militancia revolucionaria, tal como planteaban las tesis en boga?, ¿qué hacer ahora con el arquetipo del poeta guerrillero (como Otto René Castillo y Javier Heraud) que cae en combate con las fuerzas represivas, cuando a Dalton lo habían asesinado sus propios compañeros?, ¿cómo seguir propagandizando ese ideal, que encarnaba Dalton, de la fusión de la vanguardia artística con la vanguardia política?

En varias ocasiones, Gabriel trató de imaginarse lo que el poeta sintió al saber que sus propios camaradas, aquellos a quienes les había entregado su vida, se disponían a asesinarlo como a cualquier perro traidor. Entonces Gabriel experimentaba escalofríos y lo asaltaba la idea de que todo era una broma macabra, el colmo de lo grotesco, una tragedia de trascendencia universal.

Desde esas fechas, el profesor orientó buena parte de su pasión literaria a la consecución de la obra publicada e inédita de Dalton. Se propuso, en cuanto tuviera la oportunidad, escribir un ensayo sobre la misma. Soñaba, además, con lograr una beca que le permitiera visitar los lugares donde había residido el poeta, entrevistar a sus parientes y amigos, tener acceso a su correspondencia y a sus apuntes personales, con el objetivo de escribir una exhaustiva biografía.

Así pasaron los años y llegó el conflictivo 1979, en el que la situación política se radicalizó en El Salvador y la represión generalizada cobraba decenas de vidas de campesinos, obreros, estudiantes y hasta profesores universitarios. Gabriel partió hacia México, donde obtuvo trabajo como docente en la UNAM, mientras sacaba una maestría en lingüística. Desde que llegó a México, asimismo, continuó coleccionando material de y sobre Roque Dalton.

El año 1981 fue determinante en la vida de Gabriel: comenzó sus estudios de doctorado con la idea de realizar por fin su tesis sobre Dalton y se vinculó por primera vez a una organización política. La efervescencia y el entusiasmo generados por lo que se creía el inminente triunfo de la revolución llevaron a que gente que en otro momento no se hubiera atrevido a involucrarse, ahora lo hiciese. Era difícil, además, ser un profesor universitario salvadoreño radicado en México, sin mantener siquiera contacto con un comité de solidaridad.

De esa manera se inició Gabriel: prestando su casa para reuniones, haciendo proselitismo y pidiendo contribuciones entre sus colegas, organizando actos culturales en apoyo a la lucha. Ahí conoció a Carmen y al Turco; ahí se reencontró con Juan Carlos. Pero a los pocos meses el Partido evaluó que el profesor rendiría mucho más en la agencia de prensa y ordenó su traslado.

Llegaba a la oficina, al principio, tres veces por semana, de ocho y media a once y media de la mañana; luego, con el mismo horario, de lunes a viernes. Su trabajo consistía fundamentalmente en la elaboración de artículos de fondo sobre coyunturas específicas de la historia salvadoreña.

A principios de 1983, el Partido consideró necesario que Gabriel abandonara su trabajo asalariado y se incorporara a tiempo completo a la agencia; esto significaba, además, posponer indefinidamente su tesis. Pero Gabriel tenía mujer, dos hijos adolescentes a quienes mantener y ya había entrado a la militancia demasiado mayorcito como para arriesgarse a quemar todas sus cartas en una sola jugada.

Su negativa fue terminante. Los responsables del Partido en México interpretaron esa actitud como un atentado a la disciplina partidaria y presionaron a fondo. El conflicto terminó cuando el profesor se retiró de su trabajo en la agencia y del Partido. Al Negro, como director de la agencia, le había tocado jugar el papel de punta de lanza. Acabaron, por supuesto, como enemigos.

Por eso, cuando Gabriel se enteró del crimen de Ana María y del suicidio de Marcial, aunque no pudo evitar sentirse conmocionado, pensó que tales hechos ratificaban su decisión de apartarse de esos sujetos. Si le habían recetado semejante tratamiento a su comandante, a él podían degollarlo como a un pinche pollo en cualquier momento. Es que —a diferencia de Juan Carlos— Gabriel ya había perdido la inocencia, su mito, y la muerte de los dirigentes más bien le produjo cierto regocijo íntimo, morboso. Desde el primer instante intuyó, además, que Carpio estaba detrás del asesinato de Anaya Montes.

Por una especie de vicio emocional, el profesor trataba de imaginarse lo que habría sentido Ana María al descubrir que cada uno de los ochenta y dos picahielazos se los propinaba uno de sus compañeros; o lo que pasó por la mente de Marcial antes de pegarse el tiro en el corazón. Pero ya era inmune a esa clase de escalofríos.

CUARTA PARTE

1

Irrumpí en la oficina del gerente del bar con la intención de que me aclarara qué era eso de que ya no me darían crédito para beber. Pepe, el barman, me lo acababa de decir –con toda la pena del mundo, como si de él fuera la culpa–, cuando le pedí la primera copa de la noche. Me encachimbé de inmediato, pero tampoco se trataba de hacer un escándalo en la barra: Pepe era un buen tipo y sólo cumplía órdenes. Juan Ángel, el gerente, en cambio, me resultaba simpatiquísimo: hablaba como contador, caminaba como contador, vestía como contador, cagaba como contador y, ni dudarlo, cogía como contador. Un verdadero asco. Pero éste era el que pagaba, el jefe. Al conocerlo comprendí las escalofriantes consecuencias de que los contadores se estén apoderando del mundo. Le pregunté por qué había ordenado que ya no me dieran crédito. Explicó que esa medida formaba parte de una nueva política de la gerencia: a ningún empleado, ni a los músicos, se les fiaría el trago. Le dije que eso me parecía una malísima onda, una arbitrariedad, pues ellos (los dueños) nunca pagaban los salarios en la fecha correspondiente y era imposible que uno anduviera dinero en el bolsillo todo el tiempo. Por la cara que puso me di cuenta de que se limpiaba el culo con mis opiniones. Afirmó que nadie trabajaba en el bar a la fuerza y que, además, yo bebía como un desesperado y a ese ritmo nunca terminaría de cancelar mi cuenta. Entonces fue que lo decidí: ya estaba harto de ese lugar y de ese tipo. Le pedí que por favor me pagara lo que me debía de la semana anterior, porque si no me echaba un trago no iba a poder tocar el piano. Le costó abrir la gaveta de su escritorio, sacar un sobre, contar los billetes y entregármelos. Cuando pasé junto a la barra, Pepe me indicó que casi era la hora. Le dije que en un segundo regresaba. Eran las nueve y la noche del viernes apenas empezaba.

Salí a la avenida Independencia. Hacía un frío mortal. Pensé meterme a otro bar a beber una copa, pero cuanto más rápido me alejara de esa zona sería mejor. Caminé hacia el metro Juárez. Me sentía alegre, leve, como si me hubiera liberado de una carga estorbosa. ¿Qué se creía ese pendejo, que me iba a pasar basureando toda la vida? En ese momento ya estaría impaciente, pensando dónde me habría metido. Antes de abordar el metro telefoneé a Susana. Me dijo que por supuesto, que llegara a su casa, estaba con unos amigos que quería presentarme, ellos habían llevado una botella de ron, pero si yo quería traer otra cosa ella no se opondría. Le pregunté quiénes eran. Me explicó que una pareja de jóvenes poetas mexicanos, lindos tipos, en la onda *gay,* me encantaría conversar con ellos. Cuando colgué me dije que preferiría pasar solo esa noche antes que soportar a las amiguitas de Susana.

Dejé pasar un tren mientras decidía qué hacer. Era la primera vez en los últimos tres meses —desde que entré a trabajar al bar— en que podía disponer a mis anchas de toda una noche de viernes; hasta la una de la mañana, de jueves a sábado, me había podrido en ese antro. Recapacité, de pronto, en que no se trataba únicamente de esa noche, sino que de ahí en adelante estaría libre para hacer lo que se me viniera en gana todas las noches. Era de nuevo mi libertad; pero también el desempleo, la falta de plata. Empezaba a afligirme, a reprocharme que había sido un imbécil, que no sería tan fácil conseguir otra chamba. En un instante me convencí de que con la beca de ACNUR y otras clases particulares la iría pasando. En ese mugriento bar me pagaban una miseria por entretener a un hatajo de cerotes con melodías baratas y más bien debía dar gracias de que ahora tendría tiempo para dedicarme al grupo de jazz, con Polo y Raúl.

Otro tren me trajo a la realidad: tenía el sueldo de una semana en el bolsillo y toda la noche para hacerlo pedazos. Pero no me iba a ir solito por ahí. Necesitaba beber y parlar con alguien conocido y en ese momento la única persona que se me ocurría era Susana. La conocí luego de que me llamó en respuesta a un clasificado de *Tiempo libre,* en el cual se informaba que yo daba clases a domicilio de piano, guitarra y música en general. Fue la primera que respondió al anuncio y dos días después me encontraba en su apartamento. Afirmó que era bióloga, investigadora de la UNAM, trabajaba duro todo el día, pero últimamente se había sentido estresada y creía que tocar la guitarra la relajaría. Le aclaré que yo no era sicoanalista. A la tercera clase me la estaba cogiendo.

Resignado, me disponía a abordar el tren para dirigirme a donde Susana, cuando recordé que el Negro me había dicho que ese viernes posiblemente se armaría un reventón en su casa. Enfilé de nuevo hacia el teléfono. Costó que me contestaran. Oí un gran desvergue, con música y carcajadas, y luego la voz del Negro diciéndome que llegara, me estaban esperando. Le pregunté si andaba por ahí Juan Carlos; respondió que sí, que me apurara.

Llegar donde el Negro me tomaría más de una hora; vivía en el quinto culo. Subiendo San Jerónimo. Era una zona preciosa si se tenía carro. Para mí, visitarlo en la noche significaba tener que dormir en ese lugar, ya que después de las once no se encontraba ni un taxi. Por suerte el Negro era un riquillo en serio y la alfombra de su apartamento resultaba más suave y acogedora que cualquier colchón.

A toda prisa abordé el metro: a esas horas iba casi vacío. Si estaba Juan Carlos, pensé, posiblemente estaría también Carmen, aparte de los cerotes de la agencia de prensa, incluido ese tal Fausto, que se la llevaba de periodista y me pudría los huevos. Pero el Negro siempre invitaba a otros amigos mexicanos y, lo básico, a buenas hembras, de aquellas a las que todavía les parecía exótico terminar en la cama con un centroamericano. No compraría nada de guaro: donde el Negro siempre sobraba (hasta coñac sacaba cuando ya se había ido la uñada).

Me bajé en la estación Miguel Ángel de Quevedo, caminé hacia el monumento a Álvaro Obregón, a la base de los taxis colectivos. Antes de hacer fila, me dije que era pura mierda llegar sobrio. Crucé Insurgentes y me metí al bar de Sanborns: pedí un tequila y una cerveza. Entonces sí bebí como un desesperado. A los veinte minutos estaba en la fila, esperando el pesero, con un poco de calor en la barriga. Recordé, con gran satisfacción, que cargaba un purito de una mota fantástica. Al solo bajarme del carro le daría mecha. Aunque se las llevara de muy amplio, el Negro no dejaba de ser un ex jesuita, miraba la yerba con mala cara y mejor no quemarlo ante sus compañeritos del Partido. Se irán de culo cuando me vean llegar, pensé mientras intentaba acomodarme en el pesero. Le indiqué al chófer que me dejara al pasar la línea del tren. Pese a los tequilas, sentía que la noche enfriaba con fuerza. Me dije que a huevo tenía que levantarme a alguna vieja, en caso contrario terminaría llamando a Susana, me inventaría cualquier cuento y la haría llegar en su carro hasta la casa del Negro.

Me acabé el purito casi frente a la puerta del edificio. Presioné el timbre, sin esperar a que el tufo se diluyera, pues el frío apretaba y la mota ya me había pegado: me sentía excitado, con ganas de zamparme otro trago y joder al primer cristiano que se descuidara.

El Negro abrió la puerta, entusiasta, con su mejor sonrisa de padre confesor.

—¡Qué pasó, culero! —exclamé.

Había más gente de la que yo suponía. No me iba a poner a saludar a tanto cerote. Lancé un «¡Quiubo!» general. El Negro ya me había echado el brazo sobre los hombros.

—Creí que no ibas a venir —dijo.

Le expliqué que acababa de renunciar al empleo en el bar, que preferí su fiesta a seguir amargándome por unos cuantos pesos y que ahora a él le tocaría mantenerme, pues todo había sucedido por su culpa.

Juan Carlos estaba con Carmen, tal como lo imaginaba. Los mongólicos de la agencia de prensa conspiraban en el rincón de los sillones. Había un par de culos a los que no conocía; una, evidentemente, era gringa.

El Negro me preguntó si de veras había renunciado al empleo en el bar. Le dije que mejor me sirviera un trago, porque me venía muriendo de sed.

—¡Años de no verte! —exclamé mientras me disponía a abrazar a Carmen.

Juan Carlos sonrió, como diciéndome «Ya vas de gañán». Sentí el calor de sus tetas restregándose en mi pecho.

—¿Qué quieres beber? —inquirió el Negro.

Respondí que tequila.

Sonaba un disco de Mejía Godoy, con ritmo de salsa. La mayoría ya estaba entonada, con caras radiantes y ganas de bailar, pero aún nadie se animaba. Siempre llevándoselas de especial, el Negro me explicó que ese tequila que me acababa de servir era de una reserva exclusiva, destinada para la exportación, que un cuate se lo había traído de Jalisco.

Les dije a Carmen y a Juan Carlos que empezaran a bailar, en vez de estar ahí hablando babosadas. El Negro apoyó mi propuesta y los empujó hacia el centro de la sala. Juan Carlos se puso colorado, tieso. Mejor que se fuera apurando a afianzarse a Carmen porque si no yo me la iba a levantar, pensé. En eso, un guapetón de saco y corbata tomó a la gringa de la mano y comenzaron a moverse, según ellos con la soltura de dos caribeños.

—¿Quién es ese maje? —pregunté.

El Negro afirmó que era un periodista argentino, interesado en escribir un libro sobre el caso de Marcial y Ana María. Los compas ya conocían su propuesta, pero no tenían ningún interés, por el contrario, al rato vendría Arturo a advertirle que mejor se olvidara del tema. Me explicó que la gringa era la encargada de un comité de solidaridad en Washington, una excelente tipa, iba de paso hacia Managua. Supe, por el tono con el cual se refirió a ella, que se la estaba cogiendo.

—Tiene buen culo —comenté.

El Negro peló de nuevo los dientes, en su mejor estilo ecuménico, y me indicó que ahí sobre la mesa estaban las botanas. Unté un par de galletas con queso, agarré un pucho de aceitunas y me serví otro tequila. Le pregunté qué carajos era lo que estaban celebrando. Me dijo que varias cosas: una bienvenida para la gringa, otra para Juan Carlos y una despedida para un compa que pronto partiría hacia el frente de guerra. No me quiso revelar su nombre. Imaginé que se trataba de uno de los Quasimodo de la agencia de prensa.

A Juan Carlos todavía no se le bajaba la vergüenza de estar bailando. Seguro que al terminar la pieza se las ingeniaría para replegarse a un rincón, a seguir aburriendo a Carmen. Le molestaba sobre todo quedar en ridículo ante el entusiasmo dancístico de la gringa y el argentino.

—¿Y no van a venir más viejas? —inquirí.

El Negro respondió que al rato.

En eso se acercaron a la mesa Fausto y una tipa. El Negro me la presentó. Era Ana, la reportera estrella de la agencia. De inmediato la invité a bailar. Fausto puso una cara como si de sopetón le hubiese zampado un dedo en el culo. Ella dijo que esa canción ya iba a finalizar, que esperáramos a la siguiente. Me costaba quitarle la vista de las piernas: como para babear. De un trago acabé con el tequila. Me excitaba la idea de volarle la vieja a ese pendejo.

Empezamos a bailar. Me contó que había nacido en Saltillo, aunque desde pequeña se trasladó al Distrito Federal; estudió periodismo en la UNAM y se sentía realizada en la agencia, porque al fin tenía la oportunidad de desarrollar su trabajo profesional. No, ella no había pertenecido a ningún comité de solidaridad. Se había conectado a través de un amigo del Negro, un profesor de la universidad. Estaba aprendiendo un chorro de cosas sobre la revolución salvadoreña y sobre Centroamérica en general. Si no hubiera tenido esas piernas, me hubiera encarnizado con su optimismo político.

−¿Y Fausto es tu novio? −le pregunté.

No, él era el jefe de redacción de la agencia, un gran compañero que se preocupaba por enseñarle todos los aspectos del proceso revolucionario. Qué lindo. Cada vez que el superperiodista me miraba, con una cara en la que apenas podía esconder su encabronamiento, le guiñaba un ojo.

Entonces le dije bailás precioso, cualquiera creería que sos caribeña, veracruzana al menos. Y enfaticé en que para mí era una suerte haberme encontrado con una chica como ella precisamente esa noche, alguien que comprendía lo que nos tocaba pasar a los salvadoreños aquí en México. Le conté que acababa de renunciar a mi trabajo, que ya no tocaría el piano en el bar y todo el rollo, por culpa del gerente, un pinche chovinista que siempre me sacaba en cara mi nacionalidad y trataba de cagarme por ese hecho. Me llevará putas, es cierto, porque no tengo otra fuente de ingresos, pero no importa, uno tiene su dignidad y no va a dejar que cualquiera lo mangonee.

Claro que se conmocionó. ¿Y ahora qué harás, cómo sobrevivirás?

Le dije que le apostaría todas mis cartas al grupo de jazz, ya habíamos montado varias de mis composiciones y en un mes a todo meter tendríamos suficientes piezas como para vender presentaciones y, con suerte, hasta para grabar un disco. La gente que nos había escuchado opinaba que el grupo era buenísimo. Además, no iba a desesperarme por lana a esta altura de mi vida; anteriormente me había visto en peores situaciones.

Terminó la música. No nos movimos del centro de la sala. Fue cuando me preguntó si yo escribía la letra de mis canciones o las tomaba de poemas ya hechos. Le expliqué que tocábamos música instrumental, que las letras me la pelaban. Dijo algo, pero yo estaba distraído. Repitió que era la primera vez que se encontraba con un artista salvadoreño. Le dije que me disculpara, que si a veces me quedaba como ido era por su culpa, pues tenía las piernas más hermosas que yo había visto. A decir verdad, toda ella era un regalo de los dioses. Sonrió, sonrojada. Me preguntó cómo había conocido al Negro. Le conté que cuando yo trabajaba para el Partido, hacía un par de años, el Negro era uno de los capos del comité de solidaridad. Ahí nos conocimos y seguía siendo mi amigo pese a que la mayoría de cerotes del Partido ahora me detestaban.

Estaban obsesionados con la música nica. Empezamos a bailar el «Palo de mayo». Me preguntó por qué me detestaban. Porque les digo la verdad, la mayoría son un hatajo de pendejos que lo único que buscan es una tajadita de poder para refocilarse como cerdos. Con esos comentarios, Turquito, vas a perder a esta vieja, me dije al ver cómo se endurecía el rostro de Ana. Le propuse que nos acercáramos un momento a la mesa, necesitaba echarme otro trago, porque esa pieza era larguísima y ajetreada y mi garganta estaba seca. En lo que me empinaba el tequila vi que Fausto, para no quedar mordido, sacaba a bailar a la gringa. Tenía pique. Me puse a su lado, a ver si así como aturraba el hocico se movía. Noté que Carmen tenía ganas de entrarle al zapateo y ya estaba harta de Juan Carlos. Le grité que se acercara a bailar con nosotros, que dejara a ese cerote tieso. Pero en ese mismo instante, un sapurruco trompudo, con cara de carnicero, se la llevó al centro de la sala. Vaya, vaya, pensé, no todos los discípulos del Negro son tan mongólicos. La cosa se ponía caliente. De pronto, el Negro empezó a contorsionarse como loca en medio de la tropa: aplaudía, trataba de bailar en cuclillas, con su risa de seminarista pervertido, nos hizo formar un círculo, pasar a batirnos en pareja al centro, y luego en trencito, cabal para que yo calibrara la cintura de Ana, sus caderas, hasta le alcancé a rozar una teta. Pinche música de negros, me hacía sudar como endemoniado.

Al fin terminó el «Palo de mayo» y Ana me dijo que iba al baño y yo le pregunté al Negro si tenía cervezas y éste me señaló el refrigerador y yo estaba tan agitado que me zampé una de un solo trago.

–¿Quién es ese trompudo que está con Carmen? –inquirí.

Se llamaba Quique y era el teletipista de la agencia, me informó el Negro.

Fui hacia donde Juan Carlos.

–Sos una mierda. Viste quién te voló a Carmen…

–Ni que fuera mi mujer.

–Igual te la hubieran volado. Ya salí del agüite, agarrá la onda. Ya no sos militante. La Carmen tiene ganas, se le ve, vino con vos y va a terminar revolcándose con ese mongólico.

–Es su problema.

–¿Qué estás bebiendo?

–Ron.

–Vamos a servirnos otro trago… Te digo que Carmen anda sudando las ganas… Vos quizás ya te la has de estar cogiendo, ¿verdad?, y yo aquí hablando babosadas. Mejor pasame esos limones.

—Por principio no me involucro con mujeres casadas.

—Ay tú. No jodás. Los princípios me los paso por los huevos. Lo único que te digo es que, antes de que ese retardado se la levante, me la cojo yo.

—¿Y la babosa con la que estabas bailando?

—Está en el baño. Buen culo, ¿verdad? Es la reportera estrella del Negro. El pendejo ese de Fausto la anda taloneando. Con esas piernas que tiene, vos te cagarías. ¿Estás seguro de que no andás con Carmen?

—Sos necio… Su marido es Antonio.

—Es que yo se la voy a quitar a ese trompudo. No es posible que acabe con él.

—¿Y le vas a dejar la otra chava a Fausto?

—Pasame ese jamón… Voy a tener que escoger. Ah, ya sé. Si te hace mucho pedo de conciencia cogerte a Carmen, te paso a Ana y ya la hicimos. Ahorita que salga del baño te la presento y empezás a bailar con ella. No te vayás a rajar.

—Estás loco…

Le pregunté al Negro si esa era la única botella de tequila que tenía, pues ya estaba feneciendo. Me dijo no hay otra; ni modo. Fui al refrigerador por más cerveza. Ana se estaba tardando demasiado en el baño. ¿Y si de veras mejor arremetía contra Carmen? Siempre le había traído ganas, pero su compañero, la moral revolucionaria y las sandeces de ese entonces me habían detenido. Ésta era mi oportunidad.

Juan Carlos me contó que había ido a la embajada de Canadá, su caso ya estaba en estudio, la encargada le había dicho que no creía que hubiera problemas para que fuera aceptado. Le pregunté por la argentina de ACNUR. Afirmó que gracias a ella se le habían facilitado los trámites. Demasiado culo para este maje, pensé.

Ana salió del baño. Le presenté a Juan Carlos.

—Éste es un espécimen valiosísimo para que terminés de entender el proceso salvadoreño —le expliqué. Se mostró interesada; quizás creyó que se trataba de algún comandante o alguien de alta dirección. Entonces le dije que Juan Carlos se había pasado como ocho años creyendo en la revolución y de repente ésta se le hizo pedazos y ahora huía despavorido hacia Canadá. Lo miró, incrédula.

–Llevátelo a bailar, porque si no el pobrecito se va a consumir de tristeza.

Me dieron ganas de darme un toque, pero ya no tenía mota. Pensé en que debía regalarle un poco más de tiempo al trompudo para que aburriera de una vez por todas a Carmen. El Negro, el argentino y la gringa discutían al otro lado de la sala. Me les uní. La gringa hablaba sobre las dificultades del movimiento de solidaridad en Estados Unidos, pero no le puse atención. Tenía una cara de mamona que no podía con ella. Le espeté que los gringos nunca entenderían qué carajos sucedía en nuestros países, pues únicamente estaban interesados en purgar su complejo de culpa, su mala conciencia: se asustan por las divisiones y los crímenes en las filas revolucionarias, cuando todas las revoluciones han estado infestadas de mierda.

–¿O no?

El argentino mostró su mejor sonrisa de playboy comprensivo, como diciéndome «bajale, che». El Negro le hizo un guiño a la gringa y afirmó que yo era el más típico exponente de los artistas resentidos, de la lumpen-disidencia. Entonces me echó el brazo sobre los hombros, con su estilo de padre bonachón, y aseguró que lo que me salvaba era mi talento como músico y que cuando finalizara de sacar toda mi mierda acabaría trabajando de nuevo para la revolución, por eso me quería tanto.

–Los viernes no cojo culeros… –masculló.

Le pregunté al argentino si él era el periodista deseoso de escribir un libro sobre Marcial y Ana María. Respondió que sí, bueno, vos sabés, che, este proyecto me parece importantísimo y ayudará a que los compañeros entiendan los hechos, porque un quilombo tan difícil como éste necesita que lo enfoquemos desde una perspectiva más humana, desde lo cotidiano.

–Tené cuidado –lo atajé–. Porque estos cerotes se han formado en la escuela de Marcial, aunque ahora renieguen de él. Son unos criminales natos. Yo que vos no me confiaría. Más de alguno debe andar el picahielos escondido bajo la chamarra.

Al porteño no le hizo gracia la advertencia; la gringa estaba en las nubes.

Les dije que yo no estaba bromeando, debían cuidarse, sobre todo en fiestas, pues el picahielos era el arma nacional de los salvadoreños, nuestro oráculo, el punzón a través del cual resolvíamos los más peliagudos conflictos políticos, emocionales, educativos y sexuales. Les conté que en San Salvador, cuando un niño se porta mal, la madre le advierte que si no hace caso el «loco del picahielos» se lo llevará. Son frecuentes, además, las notas de crónica roja en las que un «loco del picahielos», luego de un par de violaciones, mantiene aterrorizadas a las jovencitas de una colonia. Por suerte, quise tranquilizarlos, el Negro era mexicano y aún le faltaba asimilar algunos aspectos de nuestra idiosincrasia.

Me disponía a adentrarme en el simbolismo fálico del picahielos, en el sadismo que conlleva su herida, cuando el Negro abrazó a la gringa y empezaron a bailar bien pegaditos, a ritmo de bolero. El porteño dijo que iba al baño.

Ya no había tequila ni cerveza. Me preparé una cuba. Entré por más Coca a la cocina. Juan Carlos estaba platicando con un bigotudo, de traje y corbata desanudada, con una pinta de funcionario que apestaba.

–¿Y qué hiciste a Ana?

–Por ahí está, con Fausto.

El bigotudo quiso seguir la plática, como si yo no los hubiera interrumpido. Sentenció que el problema estratégico de la revolución guatemalteca siempre había sido el desarrollo del movimiento de masas urbanas.

—Lo que pasa es que ustedes los chapines son indios y topados de la cabeza —me metí.

Pusieron esa expresión de forzada tolerancia hacia un borrachín impertinente.

—Si no serás pendejo... —le reproché a Juan Carlos—. Te consigo una buena vieja y te la dejás quitar por ese comemierda.

Salí de la cocina con la intención de rescatar a Ana de las manos de ese gacetillero con pretensiones de poeta, pero alcancé a recapacitar: se armaría bronca, Fausto era el segundo de abordo del Negro en la agencia, y antes de tronar la fiesta con un escándalo quería echarme otro par de tragos. Fue entonces cuando enfilé hacia donde Carmen y el trompudo. La tomé de la mano y le espeté al Quasimodo que ya era hora de que nos diera chance a los demás, que se tomara una copa mientras los pobres bailábamos. No tuvo tiempo de reaccionar. El bolero aún no acababa y Carmen se vio de pronto entre mis brazos, sin otra alternativa que seguirme el paso. Le confesé que desde mi llegada a la fiesta deseaba ardientemente bailar con ella, pero creí que Juan Carlos se pondría celoso. Estás más preciosa que nunca. La mera verdad que vine a esta reunión, a aguantar a estos revolucionarios de bolsillo, con la única intención de verte. Hasta renuncié a la chamba para venir acá; aunque no me creás.

—Que has formado un grupo de jazz, me contó el Negro...

—Por supuesto, compuse una pieza que titulé «Carmen», en tu honor, te voy a llevar a un ensayo para que la escuchés. Gabriel ya la escuchó y dijo que está buenísima. Claro, siempre nos vemos. Es de los pocos amigos de a de veras que tengo. Y el Negro. De ahí me cago en todos estos cerotes. Al Juan Carlos lo tolero porque siempre ha sido medio lento, lo conozco desde que estábamos chavitos, vivíamos en la misma colonia. A ver si ahora que saltó de ese barco cambia un poco. Lo que más me duele es que el Negro y Gabriel se hayan peleado, así es la puta política. Aquí estaría aquél… ¡Qué buena estás! Cabalito, como diría mi mami. Deberías divorciarte y venirte a vivir conmigo. O así nomás; no soy celoso…

Se acabó el bolero. Fuimos a la cocina. Tenía que levantármela, ahorita mismo. Deshacerme de Juan Carlos; era lo primero. Pero aquí viene el trompudo de necio. Le propone a Carmen que vayan a bailar; ella le responde que está cansada. Y te me vas sosegando, trompudito. A ver, vos, Juan Carlos, pasame ese culito de ron. Acercate, Carmencita. ¿Querés que te diga una cosa? Yo siempre te tengo presente. No es paja. ¿Sabés por qué? Y nunca se me olvida. Porque vos fuiste la única que me apoyaste cuando estos cabrones empezaron a intrigar en mi contra. Vení, mi amor, brindemos… ¿Cómo me dijiste que te llamabas? Ah, bueno, Quique, haceme el cachetazo de preguntarle al Negro dónde ha escondido las gaseosas, porque está cañón pasar este ron así solito. ¿Éste es el que se las lleva de revolucionario? Que ya no hay refrescos; ni modo. Vos no me conocés, ¿verdad? Cuando yo comencé a militar vos andabas en pañales. A mí me tocó jugármelas, en serio, y no mierdas. ¡Vos sabés lo que se siente cuando a uno le comienzan a disparar a media calle y uno no sabe desde dónde? A este chapín no le hagás caso. Ustedes los guatemaltecos sólo sirven para que el ejército les monte verga.

—¿O no?

Venite, Carmencita, vámonos a bailar, que si no esa canción me pone triste. ¡¿Cómo que ya se van a ir?! Este Juan Carlos siempre con el hostigue. ¡Bajale, cabrón! Si apenas son las doce y media. Alivianate… Dejalo que se vaya, si quiere. Empezá a caminar, niño. No te preocupés: después yo llevo a Carmen. Apurémonos, cosita, que ésta me gusta bailarla desde el principio… Este Juan Carlos anda mal. Deberías buscarle alguna amiga para que lo componga… Eso, así, apretaditos… ¿Sabés lo que me encantaría? Que en este momento nos fuéramos, vos y yo, solitos, nos tomamos un par de copas en un bar y luego nos metemos a un lugar tibio, en el que podamos llegar al cielo. ¿Me entendés? Yo te desvestiría poquito a poquito. Después te acariciaría como sólo los dioses saben hacerlo. No te lo imaginás. Te recorrería enterita con mi lengua, pelito tras pelito. Me erizo de nada más pensarlo. Y te querría un chingo, de veras.

Me susurró que la disculpara, necesitaba ir al baño, regresaría en un minuto. Busqué mi vaso y me lo empiné. Fue entonces cuando se me alumbró el coco. Alcancé a llegar en el momento en que ella cerraba la puerta. Entré, intempestivo, sin decir palabra, y me le abalancé. Intentó una mínima resistencia: me dijo que me aguantara, que ahí no. Pero ¿por qué, mi amor? Con la puerta cerrada nadie se dará cuenta. Ya no puedo contenerme. Uno, nada más. Qué rico besás, mamacita. Dejame tocarte estas tetitas hermosas. Y estas piernas, mi amor. Desabotonemos esta blusita. Cómo he deseado besar estos pechos, preciosura. Ay, mamacita, sólo el dedito. Te estás derritiendo. Dejame chuparte la pupusa, mi amor. Te gusta esta lengua, cosita. Te voy a quitar el calzoncito. Así. Qué sabrosura. Tocá, esta verga es toda para vos. Así, mamámela, mi reina. Qué ricura. Que te llegue hasta la garganta. Parale, ya, si no peligroso me vengo. Ay, Carmen, levantá esa piernita para que te la meta. Claro que así parados se puede. ¿Por qué no, mi amor? Sólo la cabecita. ¿Te gusta? Poquito a poco, mamacita. Ay, qué ricura. Hasta adentro. Así. Más. Parémosle. Venite aquí. Me voy a sentar en la taza. Subite. Así. Ay, qué sabrosura, mi amor. Me voy a venir, preciosa. Sí, te espero. Seguí moviéndote, así. Qué culo más rico tenés, Carmen. Dejame meterte el dedito. ¿Te gusta? Ay, mi amor, aquí vengo. Más. Más. Así. Así. Ah…

2

Vino de mierda. Lo hizo vomitar todo lo que se había hartado. Suerte que alcanzó a llegar al baño, si no le hubiera arruinado la alfombra de la sala al Negro. Todo le da vueltas. Se va a quedar ahí, sentado, abrazado a la taza del excusado. Tiene que esperar a que se le baje un poco. Está seguro de que si intenta ponerse de pie volverá a vomitar, aunque ya no le quede nada en el estómago, porque hasta los pedacitos de queso que se zampó con las primeras cervezas salieron enteritos. Piensa que debería moverse para alcanzar el rollo de papel higiénico y limpiar un poco la taza, pero no puede. Alguien toca la puerta. El Turco grita «¡Andá al otro baño!». Qué numerito. Aquí viene de nuevo la contracción. Huácala. Ya sólo le sale agüita. Bilis ha de ser. Puto asco. Quién lo mandó a beberse ese vino. No vuelve a cruzarse en su vida. Lo promete. Ni siquiera a mezclar trago. Comenzó con tequila y cerveza, luego ron y en seguida ese vino dulzón. Y suerte que el toque de mota se lo dio antes de llegar; fumarlo más tarde lo hubiera tronado mucho más. Qué escalofríos. Esto le pasa por alagartado. Todo fue ver las botellas y se dejó ir a lo bestia. Tal como le dijo el imbécil de Juan Ángel: «Bebes como un desesperado». Ese cerote tiene la culpa de que él esté ahora ahí, purgando todas las borracheras del último año. Si no hubiera asumido esa actitud de tacañería y le hubiera seguido fiando el trago en el bar, el Turco estaría en este momento en su casita, tranquilo. Pero no vale la pena lamentarse por un comemierda.

Apoya la frente y los codos en la taza del excusado. Necesita que alguien lo ayude, le diga palabras de consuelo, le acaricie esa cabeza dura. Pero Carmen ya se fue y Susana está lejísimos, al otro lado de la ciudad, acompañada por una pareja de poetas maricas, entusiasmados en una conversación que a él, al Turco, lo hubiera hecho vomitar de una manera más placentera, metafísica. Susana es la culpable, no hay duda. Esas mugrientas amistades que se busca. Gente *nais,* según ella. Qué le costaba estar solita, o con alguna amiga decente, él hubiera llegado, hubieran salido a tomar un par de copas y luego se habrían metido a la cama, calientitos. Las mujeres son una mierda, no hay duda; cuando uno más las necesita, desaparecen.

Comienza a toser. Una sensación del carajo. Con cada espasmo siente que volverá a vomitar. Alguna migaja se le debe haber ido por el conducto equivocado. Nada de migajas: un pedazo de buitre, eso es. Preciosa palabra para denominar el vómito: buitre. Ahí viene con las alitas que salen por las comisuras de la boca. Parece que va a asfixiarse. La tos y el buitre, juntos, pateándole el estómago y la caja torácica. Mete la cabeza en la taza del excusado, casi dentro del agua. Ya pasa. Le regresa el aliento. Carmen tendría que estar a su lado. Al solo terminar de coger, se arregló y le entró la necedad de irse. Y el maje de Juan Carlos, listo para largarse. Como si él, el Turco, no hubiera sido más que una vulgar verga. ¿Por qué ella no se quedó con él? ¿Por qué no se fueron los dos solitos a un hotel, tal como el Turco proponía? Su marido, claro. Y la cara que puso Juan Carlos cuando los vio salir del baño. Ese cerote ya no tiene compostura: ni coge ni deja coger en paz. Ni que fuera su hermana. Como si la militancia lo hubiera podrido de por vida. Pobre pendejo. Ella le dará su besito de buenas noches con la misma boquita con la que se la chupó al Turco. ¿Cuál de las dos está mejor? No se puede comparar. A Susana ha tenido chance de cogérsela hasta por las orejas, con calma, mientras que lo de Carmen nada más fue una probadita. La llamará mañana, en cuanto se reponga.

Va a intentar ponerse de pie. Necesita echarse agua fría en la cara. Le ayudará. Parece que su estómago ya se sosegó. Pero hay tres largos pasos hasta el lavamanos. Encoge las piernas, las tensiona y ahí va: apoya su espalda contra la pared, se tambalea. Entonces toma impulso para llegar al lavamanos. Pero una contracción lo para en seco. Como si aún tuviera algo que vomitar. No tiene más remedio que caer de rodillas, a soltar el buitre dentro de la taza. Ya no es ni agüita, los puros espasmos y el apretón en la boca del estómago. Hasta que las convulsiones terminan y decide permanecer así, nuevamente abrazado a la taza, en espera de que su panza lo perdone.

Qué pupusa la de Carmen. Jamás se la hubiera imaginado así de grande. Se la volvería a lamer con todo el placer del mundo, para que los pelitos le queden como hebras de elote enredados entre los dientes. ¿Por qué los salvadoreños le dicen pupusa a la vagina? Qué asco. De sólo imaginarse una pupusa verdadera, esa tortilla rellena de queso y chicharrón, le vuelven las ganas de vomitar. Comenzará por tomar agua para tantear. Pero ahorita mejor se recuesta contra la pared y deja pasar un rato.

Al que más se lo llevó putas fue a Quique, el trompudito. Pensó que ya la había hecho con Carmen. Está muy cipote. Aunque hay que reconocerle que es atrevido, más que cualquiera de los otros mongólicos de la agencia. Se cree el gran tipo, pero no se imagina lo que son los cachimbazos. El Turco sí. La primera vez que le tocó ir a cantar a un acto político casi se caga, es cierto, pero de pendejo se había fumado un purito de mota y así el terror a uno se le va de las manos. Fue en el local del Sindicato de Bebidas Gaseosas, a finales de 1978, en medio de una ola de huelgas que tenía en jaque a la tiranía militar. Su grupo se llamaba La Pupusa. (Otra vez esa palabrita. Qué asco. La comida típica de El Salvador, la vagina y su grupo de música revolucionaria: da para todo.) Nunca había estado entre tanto obrero, los rostros lo asustaban, no sabía quién era compa y quién era tira. Tuvo que oír varios discursos incendiarios contra el gobierno y cuando creía que las tropas irrumpirían en el local, escuchó que anunciaban a su grupo, los aplausos y toda la cosa. Ya en la tarima agarró valor y de pronto se vio lanzando consignas, vociferando contra los enemigos del pueblo, entre aplausos, enardecido. Pero lo difícil no era la llegada, sino la salida. Todas las esquinas que rodeaban el local estaban infectadas de orejas. El Turco caminó de prisa, entre sus dos compañeros del grupo, cagado de miedo, sin hallar qué hacer con el estuche de la guitarra, con la sensación de que en cualquier momento los arrinconarían y acabarían desollados en una ergástula.

Se está quedando dormido. Debe hacer un esfuerzo para recuperarse. Pasar la noche en esa posición, todo buitreado, sería fatal. Un duchazo, eso lo alivianará. Nada de ir hacia el lavamanos. De un solo se arrastrará hasta bajo la ducha. Pero antes tiene que desvestirse. Tocar en los actos político-culturales de la Facultad de Derecho resultaba mucho más fácil, uno se sentía como en su casa: la seguridad, las pancartas, las enormes mantas con consignas en las paredes del auditorio, el ambiente combativo, de triunfo. Entonces La Pupusa comenzó a proyectarse como un grupo de primera fila, con canciones de lucha, pero sin descuidar los arreglos, porque, aunque militantes, los tres estaban en la Escuela de Música. ¿Quién reclutó al Turco? No fue Juan Carlos: si bien vivían en la misma cuadra de la Sexta Avenida, en la colonia La Rábida, y desde la adolescencia formaron parte de la misma pandilla, Juan Carlos nunca hizo proselitismo en el barrio y siempre guardó las apariencias. Fue el Ñequis, el compañero de la Escuela de Música y miembro fundador de La Pupusa.

A veces todavía lo sueña. Iban casi en la cabeza de la manifestación, a la altura del Mercado Central. Coreaban, aplaudían, levantaban el puño izquierdo. Era a mediados de 1979, ya habían formado el Movimiento de la Cultura Popular (MCP) y los jóvenes artistas estaban llamados a fajarse como cualquier militante. Fue entonces que el Turco sintió que la muerte casi lo atrapa. Cuando oyó las primeras ráfagas empezó a correr entre la masa, entre los gritos de los compas de seguridad que pedían calma y ordenaban que todo el mundo se tirara al suelo. El Turco tropezó y quedó tendido junto a un carro. La tronazón era demasiado siniestra como para intentar ponerse de pie. Diferentísimo a ahora, cuando no puede levantarse porque teme que vuelvan las contracciones. Entonces vio a media calle, tirado sobre el pavimento, el cuerpo del Ñequis, con una masa sanguinolenta que le salía de la cabeza. Supo que eran sesos y que ésa era la muerte y que si él sobrevivía su vida ya no sería la misma. Entonces comenzó la verdadera militancia.

Se desabotona la camisa. Con el Ñequis se le murieron tantas cosas. Logra zafarse las mangas. Le creció una rabia enorme y desde entonces iba a las manifestaciones desafiante, retando a la muerte y cuando subía a las tarimas para cantar lo hacía con una nueva beligerancia. La camisa está toda babeada: la tira hacia el lado de la puerta. A La Pupusa se incorporó Saúl; y seguía Rafael con su acompañamiento y su voz de bajo. Los tres viajaban de acuerdo con las orientaciones de la organización: a Chalatenango, a San Vicente, a la zona de Aguilares, siempre con sus guitarras, dispuestos a amenizar actos políticos, tomas de tierra por parte de las federaciones campesinas, cursos a cooperativistas que terminaban en adiestramientos militares. Y siempre el peligro, el enemigo acechante.

Se logra quitar el pantalón y zafarse los zapatos. A un metro está la ducha. Se mueve despacio, a rastras, hasta que llega a la otra pared. Con el pie trata de cerrar la cortina. Abre el grifo del agua caliente. Hará como en las novelas policíacas, luego de que al héroe lo han vapuleado: primero un chorro hirviente y después otro chorro helado. Pero el agua caliente lo relaja, lo arrulla. Entonces vino el golpe de Estado de octubre y San Salvador era tierra de nadie y la revolución se aceleraba como nunca. La organización decidió que La Pupusa debía salir del país para fomentar la solidaridad internacional. No era agradable tener que marcharse cuando parecía que en cualquier momento se tomaría el poder. Pero ante todo estaba la disciplina y el Turco sólo había viajado dos veces en su vida (a Guatemala). La perspectiva de conocer otras tierras era tentadora. Los compas de dirección conocían, sin embargo, la facilidad con que se caía en desviaciones pequeñoburguesas y aplicaban rigurosamente en todos los terrenos el principio revolucionario que dice que se debe ir de lo simple a lo complejo. Por eso a La Pupusa le tocó viajar en las peores condiciones: por tierra, en un bus interurbano, hasta Santa Rosa de Lima, de ahí en otro bus hacia las proximidades de la frontera, para luego caminar como jornaleros bajo el gran solazo y cruzar a pie el río Goascorán. En la otra orilla los esperaba una pareja de compas hondureños, quienes por suerte iban en un carro en el que se transportaron a Tegucigalpa. Los hospedaron en una casa de seguridad y en seguida tuvieron presentaciones en la Universidad, en sedes sindicales y magisteriales, y finalizaron su gira amenizando un importante acto de solidaridad con la revolución salvadoreña. El regreso resultó igual de cansado, lleno de sobresaltos, porque cruzar el río fronterizo en pleno día no era sencillo. Pero antes que nada estaba el espíritu militante.

Quisiera dormirse bajo el agua, hasta que lo abandone ese malestar, ese asco, ese dolor de cabeza. Sigue sentado, con las piernas estiradas, bajo el chorro de agua caliente. Se frota las sienes. Se pasa la mano por el pecho, por el abdomen. Se agarra la verga. Piensa en Carmen. Una cogidita quizás lo volvería a la vida. Empieza a jalársela, a ver si se le para. Nada. No tiene ni una gota de energía. ¿Quiénes estarán afuera? Cuando lo atacó el buitre ya sólo quedaban la gringa, el Negro, el trompudito y otro chavo con pinta de ordenanza. Deben de estar dormidos. El Negro estará cogiendo, sin duda. Trata de imaginarse desnuda a la gringa, con la esperanza de que así se le pare. Pero la imagen se le escapa.

Su segundo viaje fue definitivo, le marcó la vida para siempre. Diciembre de 1979. En esa ocasión tuvo que sacar pasaporte y por primera vez se subió en un avión. Iban para San José, Costa Rica. Los compas les dijeron que en ese país no tendrían problemas, que ahí se creían el rollo de la democracia. Pero luego de que aterrizaron la cosa fue distinta: en el puesto de migración había un contingente de tiras esperándolos. Sin mayor explicación, los metieron a una camioneta y se los llevaron presos. Cuatro días pasaron en el bote. Hasta que ya los habían puesto en libertad entendieron que su captura obedecía a una represalia porque ese mismo día un grupo de compas de otra organización había ocupado por la fuerza la sede de la embajada de Costa Rica en San Salvador. De todas formas, hubo despliegue publicitario, sus fotos salieron en los periódicos y se pegaron la quemada del siglo. Entonces la organización decidió que, por razones de seguridad, La Pupusa permaneciera en el exterior. Y así vinieron los viajes: Panamá, Ecuador, Perú, Venezuela, Nicaragua, México. El grupo se convirtió en el representante artístico de la revolución salvadoreña. En agosto de 1980 iniciaron su gira por Europa: París, Amsterdam, Bruselas, Frankfurt, Londres, Madrid. Y al regreso se quedaron casi dos meses en Canadá. Todo el mundo los aplaudía, les decía que sus canciones eran preciosas y la lucha ejemplar. El Turco llegó a creer, realmente, que él era uno de los principales músicos, no de Latinoamérica, sino del tercer mundo. Era la fama, la sensación de poder, los culos, sobre todo los culos. Nunca en su vida hubiera imaginado que muchachas tan hermosas terminarían en su cama. Ahora se conformaría con una de ellas. Aunque fuera Carmen. Con tal de no tener que estársela jalando como loquito ahí en el baño. Ya es hora del cambio: gira el grifo. Pero el agua fría está como la gran puta. Mejor espera a que se acabe el agua del *boiler*. Se siente mejor, sin asco, aunque sabe que el dolor de cabeza está agazapado, en espera de que él se mueva para fulminarlo.

A partir de 1981 establecieron su base de operaciones en la ciudad de México. Ahí comenzaron los problemas. Porque llegó el Jute, un poeta de quinta categoría, con desplantes de mesías y la orientación del Partido para formar un frente cultural en el exterior. Pero el Jute era un animal. Y lo primero que hizo fue querer meterlos en cintura. Y así ya no se pudo: exigía que por nada del mundo bebieran, mucho menos se dieran un toque o cogieran con la primera compañerita que se les pusiera enfrente. Por si esto fuera poco, les boicoteó la grabación de un disco con el argumento de que él, como responsable cultural, tenía que aprobar con anterioridad la letra y la música de las canciones. Eso ya era el colmo. Entonces el Turco le declaró la guerra al Jute. Y los chabacanes del Partido optaron por apoyar a ese comemierda. Salió a los putazos, mentándoles la madre a esos pseudomoralistas. Y la campañita de difamación que le montaron después. Pero no vale la pena recordar eso. Es perder el tiempo. Al poco tiempo expulsaron al Jute y la mayoría de artistas acabó saliéndose del Partido. Vaya revolución: antes de tomar el poder ya tiene en su haber suficientes artistas disidentes como para que le saquen alguna canita.

A prisa el agua enfría. Es hora de ponerse de pie. Con ayuda del grifo se levanta. De golpe suelta lo heladísimo. Qué talegazo. Su cuerpo reacciona, como si por fin despertara. Aguanta lo más posible. Luego la toalla. Se viste con una sensación de fragilidad extrema, pareciera que su cuerpo en cualquier momento pudiera astillarse. Limpia la taza del excusado. Echa el agua un par de veces. Espera no tener que regresar a arrodillarse. Camina despacio. Abre la puerta. Todo está apagado. ¿Qué horas serán? Distingue dos bultos en la sala, arropados: uno en el sofá y otro en la alfombra. Se mete a la cocina. Enciende la luz. Busca un vaso limpio. Sabe que el mínimo olor a alcohol lo puede descomponer. Primero bebe un poco de agua. Espera: no hay reacción en su estómago. En seguida se sirve un vaso de Coca-Cola. Lo toma, a pequeños sorbos, espaciados. Aguza el oído a ver si distingue los gemidos de la gringa. Seguro que el Negro ya se la revolcó. ¿Y si de veras está en la otra habitación, sola en la cama, como si fuera nada más un huésped? Sale al pasillo. Se desplaza, sigiloso. Abre la puerta de la otra habitación: no hay nadie. Dormirá en esa cama. ¿Qué pedo? Pero apenas se ha sentado cuando las náuseas regresan, implacables. A toda prisa se dirige al baño. Casi no llega a tiempo. La contracción es profunda. Vomita el agua y la Coca-Cola. Siguen los espasmos, aunque ya no le salga nada, únicamente el apretón en el estómago. Ahí, otra vez de rodillas, como quien confiesa sus pecados ante el excusado, al Turco lo invade una inmensa sensación de desamparo, de abandono. Porque en verdad él es un hombre solo, sin mujer ni familia. Nunca ha durado con una mujer más de tres meses. ¿Y su familia? Aquí viene la congoja, la nostalgia, la necesidad de que alguien se apiade de él. ¿Para qué pensar en ello? Pero ahora que se deja caer de nuevo sobre la alfombra no puede evitarlo. Allá de vez en cuando recibe una carta de su madre. Sólo por eso le gustaría que la revolución triunfara, para poder encontrarse con el Bebo, su hermano menor. Está en el monte, disparando con furia, hasta comandante puede ser ya, con ese carácter. Teme el día en que le llegue la noticia de que el Bebo ha caído, no lo soportaría, sabe que en su conciencia se abriría un agujero tremendo. Es que él, el Turco, fue quien lo reclutó. Lo metió en un barco que ahora se hunde. Bebo estaba en segundo año de bachillerato y un día lo acompañó a un concierto en el que recaudarían fondos para los trabajadores de la fábrica Diana, quienes ya llevaban quince días en huelga. Se entusiasmó y comenzó a militar. Cuando supo que al Ñequis le habían volado los sesos, el Bebo decidió que a él no lo agarrarían desarmado, que lo principal eran los talegazos. Y rapidito se fue perdiendo en los vericuetos de la guerrilla urbana. Es lo que el Turco no se atrevió a ser, aunque arguya que la música ha sido siempre la única certeza de su vida. ¿Qué se dirían ahora con el Bebo si se encontraran? ¿Qué pensaría su hermanito si lo viera tal como está en ese momento, tirado como cualquier borrachín en un baño? ¿Le reprocharía su vida disipada? ¿Podrían comunicarse, llegar a algo en común, sin que un abismo se abriera entre ellos? ¿Tendrán oportunidad de verse de nuevo? El Turco confía en que el Bebo sobrevivirá: con tres años en el monte ya tiene callo.

Decide enjuagarse la boca. Ese sabor asqueroso apenas se va con las gárgaras. Se sienta sobre la taza. Esperará unos minutos, a ver si se repone. Está débil, agotadísimo, embotado. Tiene que irse a dormir, sin beber agua, para que el buitre no lo moleste. Pero el asco se le juntó con la resaca y tiene sed, mucha sed. Si su otro hermano, Sergio, el mayor, lo viera así, lo atiborraría de consejos, diría que el Turco siempre se perfiló como un tipo que no sabía qué hacer con su vida, por eso se metió en política y terminó sin saber cómo ganarse el pan, porque eso de ser músico no es profesión. Pero Sergio es un asco, un vulgar burócrata, agarrado con desesperación a su empleíto.

No aguanta la sed: toma un sorbo de agua. Se propone no volver a beber alcohol en un mes. Bueno, no hay que ser extremista: en una semana. Sí, de aquí hasta el próximo viernes no se echará otro trago. Peligroso le estalla una úlcera. Sale del baño. ¿Y si el Negro se cabrea porque el Turco duerme en la cama supuestamente destinada a la gringa? Que no joda. Ni modo que se va a quedar tirado en la alfombra sin cobijas ni nada. Se recuesta, despacio, con sumo cuidado, alerta a'cualquier exabrupto de su estómago. Quisiera dormirse de inmediato. Se acomoda, de lado, encogido, en posición fetal, con las palmas de las manos envolviéndose los huevos. Las piernas de Ana, como para ensalivárselas, lástima que le haya tocado de jefe el cerote de Fausto, tan parecidito al Jute, detesta a ese tipo de poetastros, el único que valía la pena en El Salvador se murió, lo mataron, revolución de mierda, sólo asesinos le quedan. Gabriel debió haber venido a la fiesta. Eso hará: que el Negro y Gabriel se contenten, los invitará a beber y los convencerá. Qué rico huele la almohada, a la gringa. ¿Y si va y le toca la puerta al Negro para que se la preste? Se soba los huevos y percibe la remota posibilidad de una erección. La cara que puso la gringa cuando el Turco mencionó lo del picahielos. Y el argentino ese, tan mula: dónde se ha visto que una revolución ventile en público su propia mierda. Ya, que se le detenga la mente. Está que se duerme. Porque en el fondo, muy en el fondo, el Turco está orgulloso del Bebo, lo admira, no podría imaginárselo de otra manera. Y cuando se reencuentren, el Bebo se dará cuenta de que el grupo de jazz del Turco es la mera verga. Y ahora los ronquidos, la placidez.

Septiembre de 1986 - enero de 1987
Tlayacapan, Morelos